掃除機

岡田利規

掃除機

THE VACUUM CLEANER
and other plays

Toshiki Okada

白水社

CONTENTS
目次

THE VACUUM CLEANER

掃除機

登場人物

ハノ・チョウホウ（羽野重宝）　80代

ハノ・ホマレ（羽野誉）　チョウホウの娘。ひきこもり

ハノ・リチギ（羽野律儀）　チョウホウの息子

ヒデ　リチギの友人

デメ　掃除機

掃除機のパースペクティヴ

デメ

「掃除機」っていうお芝居を始めようと思ってて、だから掃除機の話から始めると、掃除機って目線は基本、這《は》う目線というか、注意向けてる方向が下なのがデフォというか、視界の大半というか意識の大半が割と床という感じ、床というか畳というか。でそこに何か落ちてるものがあるなっていう場合、物理的に距離が近いからそもそも目に付きやすいってのもあってそれが気になる度合いは当然高くて、というのは今のは一般的な、ヒトとの比較で言ってるんだけど。

逆に言うと一般的なヒトって、下に落ちてるものが目に入ってないってことが結構ありがちだよなと思ってて、そのせいでたとえば掃除機かけてるときに吸い込むべきでないものまで吸い込んじゃうってことをびっくりするくらいよくやってくれるよなっていうたとえばヘアピンだとか、ボタンだとかコインだとかイヤリングだとか、ＵＳＢメモリだとか、コーヒースプーンみたいな小さめのスプーンだとか、文房具、短めの定規だとか、誰かからプレゼントでもらったはいいけど取り付けるキーがさしあたってないなあっていうことでキーに取り付けられてないままのキーホルダーだとかを、掃除機で知らぬ間に吸い込ませちゃうという愚《ぐ》を、ヒトって非常によく犯してる、なんなら何度も繰り返してる、みたいなことみんなたぶん、心当たりあるよね。

　吸い込み切ることできないくらい大きかったり長さがあったりするもの、ていうのはたとえば靴下だったり、携帯の充電用とかなにかのコードだったり、イヤホンだったり、ちっさいハンカチ型のタオルだったり、買い物のときに使うナイロン製の使わないときは小さくまとめておけるようなトートバッグだったりを、掃除機で吸っちゃって、その途中で詰まってブブブブってなって慌てていったんスイッチオフにして引っ張り出して、みたいなことがあるたびにある意味すごいなと思って見てるんだけど、つまりその不注意力に対して。え、こんな大っきいのが畳の上に落ちてたのが今見えてなかったんだ？　ってことに対して。もっともそれはなんでそんなもの畳の上に置いたままにしとくのよというそれ放置しといたほうの側の問題だとも言えるんだけれども。

　でもヒトからは、掃除機かけるとき掃除機かけることに集中するなんてことするわけないだろっていう意見もあって、掃除機かけてるときってむしろ気もそぞろっていう感じでかけるもんなんじゃねえの、なんなら鼻歌歌いながらみたいにしてかけるもんなんじゃねえのっていう。それは言われてみればそうだなっていうのは経験に照らし合わせてもっていう意味でも確かにそうで、実際掃除機かけてるときに歌歌うヒトとかも少なくなくて、そういうヒトたちって掃除機が出す音が自分のそのとき歌ってる歌のための伴奏みたいなものって思ってるところもしかするとあるのかもしれない。

天井

［二階の部屋。ホマレ、デメに話す。］

ホマレ　昔、トイレの、中に入った側の、ドア面のところに世界地図貼《は》ってあったことあったんだよな。あの人が子どもに憶《おぼ》えさせようとしてさ。
　国ごとに色が着いてた。ソ連があった頃の地図で、ソ連は茶色と紫の中間みたいな色が着いてた。他の国のは憶えてないけど。

ソ連のを憶えてるのはたぶん、地図の中で断トツで大っきい面積がその色に塗られてたから、だから記憶してるんだろうね。

わたしのこれまでの人生でいちばん見てたものが一体何かって言ったら、この天井だよわたしにとっては。知り尽くしてる。

そのくらいの熱意で世界地図を憶えてたらまだよっぽど有意義だったのにって、思うだろうねあの人はこれ知ったら。

ずーっと見てたからなになせ無駄にこればかり、無駄に知り尽くしてる。自分の身体のどこにほくろがあるかなんかよりもよっぽど。

こんなにも、知り尽くしても無駄なものを知り尽くしてて、イタすぎる。

まあ、いいんだけど別にどうだって。

ねえデメ、天井の、板目の、木目の一部箇所がさ、めちゃめちゃムンクの叫びみたいに見えるところがあるっていう話って前にしたことってあったっけか？

デメ

なかったと思うし、基本自分、下の方向にしか注意向けないで生活してるタイプだからな。

ホマレ
あの人たちは気づいてんのかなこのことに。

デメ
どうだろうか。

ホマレ
気づいてないだろうなまず。

［ホマレ、叫ぶ。］

ホマレ
お前わたしのこと期待外れだったたって思ってるんだろどうせ。
わたしに裏切られたって感じてるんだろどうせ。
ずっと長いことそう思い続けて生きてんだろ！
そう思うのはやめようと何度かしてみたものの結局そうしきれなくて、それで今もぐずぐず、裏切られた自分を憐《あわ》れんだり、期待外れだったわたしをなかったことにしようとしたり、してるんだろどうせ。知ってるよ！

最初から期待なんかしなければ裏切られることもなかったのに、とかなんとか今さら後悔してるんだろどうせ。知ってるよ！

わたしにはお見通しなんだよ！

さぞがっかりしてるんだろ。ざまあみろ！

のど飴の包み紙

デメ
いつかそいういう大声上げなくてよくなるときって来るんだろうか？

ホマレ
来ないと思うよまず。大声出さないでいられなくさせる元々の原因がなくなんなければ。

そしてそれがなくなることは、あり得ないと思うよまず。
まあ、いいんだけど別にどうだって。

デメ
あり得ないかな、絶対に。事態は改善に少しは向かってるとは思うんだけどね。だって以前なんてこのなか絶えず怒号《どごう》が飛び交う状況だったわけで、あっちから怒号、こっちからそれに応答する形で怒号、ついでにそっちからも怒号、という応酬がガーッ、ガーッ、ガーッ。わりとみんなよく声枯らしてたよね。あのときはこの家の中ののど飴舐《な》めてる率異様な高さで、飴包んであったフィルムよくそのまま下にぽいって落ちてたもんだったけど、今はもうそんなことはないしさ。

ホマレ
あの人のこっちに対する接し方というか、接さな方というか、ちょっとずつわかってきたなというかましになってきたなっていう点については認める。
前は相当テメーの言い分一方的に押しつけてガーッていうのだったからな。ようやっとあきらめがついて現実受け入れられるようになってきたのか、ものの道理がわかってきたのか。

まあでもそうなるまでに時間あまりにもかかりすぎたけどな。
遅いよ。
まあ、いいんだけど別にどうだって。

シャツ

［中二階の部屋。リチギ、デメに話す。］

リチギ
シャツをこうやってインしてる状態にどうしても違和感をおぼえる自分というのが実はいて、インすることに対する根深い抵抗感が自分の中にはかなりあって。なんでなのかわからないんだけど。
身体が着心地の悪さを実感してるっていうわけじゃ別にないんだよ。そんなことは実際のところ、全然なくて、だから違和感というのは俺の心理的、気持ちの持ちようの問題でしかないんだよな。わかってるんだけどねそれは。

シャツをインさせちゃってる自分が、なんか、滑稽な気がするんだよ、みっともないというかさ。でももちろんそんなことないんだよ実際は。シャツはインしてたほうがちゃんとして見えるのは、当たり前の話で。

たまに無性に、シャツ出したくなる衝動に駆られるんだよね。でも一度インしたシャツ出すのはヤバすぎるじゃんさすがにそんな裾がシワシワになっちゃってる状態は。だからやらないけどもちろん。

外歩いてて、他のやつらが普通にシャツをインしてるのを見ても、別に何も変とは思わない。ビルのガラスとかショーウィンドウに自分の姿が映ってるのが偶然目に入って、そこに映ってるやつのシャツがインされてるのも、別に変とは思わない、普通だと思うんだけど、でも、そいつが俺だっていうふうにわかると、いやもちろんそんなことは最初からわかってるんだけど、そいつは俺だっていう自覚、認識が最初はぼーっとしていて薄くて、でもそれが濃くなるとっていうか、すると途端にこいつなにやってるんだろうって、バカバカしく見えてくる。

デメ

ネクタイをするのは?

リチギ

ネクタイは逆にオッケーだね。だってバカバカしいじゃん見るからにネクタイって、なんなんだ一体これ、っていうよくわかんねー、そういうのをこうしてブラブラぶら下げてるとかは逆に全然オッケーだね。（シャツをインしていることを気にしながら）この抵抗感は、克服できたらいいんじゃないと思ってる部分が、俺にはあるんだけどね。このまま克服できずじまいな可能性が大だな。

コーヒー

［リチギ、一階の部屋に降りてきて、チョウホウと顔を合わせる。］

チョウホウ

わかる？　これ。コーヒーの匂いがいつもと違うって。わからないかな。というより匂いは違わないかな別に。うん。まあ、このくらい拡散してしまうと匂いも同じかもしれないねいつもと。

うん。同じだね。けれどもこうやって香りの源泉から直接嗅《か》ぐと随分違うんだよ。

きのうさ、散歩がてら、シャワー通りのさ、先月できたっていう新しいコーヒースタンドを覗《のぞ》きに行って、この前コジマさんの奥さんに会ったときに聞いたんだよ、洒落《しゃれ》たところですよって、コジマさんのとこはご夫婦揃ってコーヒー好きだからさ。そう、それで前からちょっと気になってたからきのう行ってみたんだよ、シャワー通りとけやき通りのぶつかる交差点のとこの手前にイタリアンのずいぶん昔からあるレストランがあるの憶えてないかな、ワシントンホテルから近い、トゥッティっていう、ほら、お前と同い年のいとこのフウカちゃんあのコの結婚式が披露宴はワシントンホテルでやったけれども、二次会はそこ貸し切ってやったんだったけれど、その店の前もきのう久しぶりに通ったけど、トゥッティね、そこ過ぎてすぐのとこにできたんだよ、コーヒースタンド、トゥッティ過ぎてすぐの、帽子屋と床屋のあいだの細い道入ってすぐのところにさ、見た目も洒落ててさ、シンプルな内装で今どきでね、これはそこで買ってみた豆を今は淹《い》れて飲んでるんだけどさ、これがね、えらい美味《おい》しいんだよ、見た目が洒落てるだけじゃない、見かけ倒しじゃない、内実も伴った、実にいい店ができたね、うん。豆もさ、いくつか種類がある中のね、どれもおいしそうでさ、どれにするか迷っちゃったんだけども、店員の若い人もいろいろ教えてくれるんだけども、豆の洗い方にもいくつかやり方があって、なんとかウォッシュとかかんとかウォッシュっていうさ、憶えてないけれども、教えてくれて、それで今回はグアテマラの豆にしてみたんだけどね、入ってる紙の袋にね、イチゴのイラストが描かれていてね、これが独特なタッチのなかなか味わいのあるイラストなんだよ、見てみる？

リチギ

いい。

チョウホウ

飲んでみると驚くべきことさ、ほんとにイチゴみたいな香りでさ、イチゴの香りのコーヒー？って最初聞いてさ、正直そこまで真に受けてなかったんだよ、敢えて言うならまあイチゴと言えなくもないかな程度の香りはするのかもしれないけどさ、くらいにまあ高をくくってたわけだけど、ところが実際これドリップしてみて立ち上ってくる匂いときたら紛れもないイチゴのそれでさ、こうやって拡散しちゃうとあんまりもうわからなくなっちゃってるけれどもね。それでわたしは、ちょっと大袈裟《おおげさ》な物言いになってしまうけれども、虜《とりこ》になってしまった。このイチゴの香りのコーヒーにもだけど、あのお店にもね。また行くと思うよ。店の人が言うには、グレープフルーツみたいな香りの豆もあれば、ベリー系のものもあれば、ナッツ系のものもあれば、いろいろあるらしいんだよね。これまでも、まあ長いことコーヒー飲んできてね、苦味だの酸味だのっていうのは気にしてきたけれども、香りにもそうやっていろんなタイプがあるものなんだね、コーヒーの世界も、奥深いんだね。うん。行ってらっしゃい。

［リチギ、家から出る。］

桃

［チョウホウ、デメに話す。］

チョウホウ　先週ナガイさんから、実家のほうの親戚から桃が送られてきたのがいっぱいで自分たちだけじゃ食べきれないからって、三個くらいかな、お裾分けいただいてさ、最初十個くらいくれようとしたんだよ、でもうちだってそんなもらっても食べられないからって言ってお願いしてどうにか減らしてもらったんだけどさ、そのときさ、そう言えばおとといお昼前に図書館に行ったんですけど、そしたら息子さんお見かけしましたよ、机のひとつを陣取って何か読んでいる様子だったですよってね、教えてもらったんだけれどもご丁寧に、でも、あれは、ナガイさんはやっぱり、あんたの息子は平日の真っ昼間にそんなとこで一体何してるんだというのを、言外にチクリと言いたかったのかな、でも、そういう厭味《いやみ》な人じゃあの人はないと思うんだよ。ただ、実際にあいつを見かけた、その単なる事実を報告してくれただけなんだとは思うんだよ。それなのについ、そんなふうにひねってひねって裏を読もうとしてしまってね。

こういうのは、なかなか変えられないね。

ここまでずいぶんと、それなりにわたしも時間をかけて、以前と較《くら》べてだいぶ、考え方を改めることは、わずかながらかもしれないけれども、してきたつもりだけれども、でもすっかり変わるのは、難しいね。まだまだ時間がかかるのかもしれない。まあ、時間の問題でもないのかもしれないけどね。うん。

このままわたしはもう、そこは変えられずじまいなのかもしれないって弱気になることもここだけの話ね、あるよ。それでもね、少しはわたしも変わってはきたんだよ。そして少しは事態をましにね、してはきたとは思うんだよ。

端からは、ほんとに些細なことにしか見えないかもしれない、でもわたしにとっては精一杯のことをね、してはきたつもりなんだよね。

人生相談

デメ

新聞の人生相談コーナーってあると思うんですけど、あれっていろんな悩みを相談者が相談してきてる体《てい》になってるけど、そしてそれに対して人生の経験いろいろ積んできましたみたいな有名人が回答してるって体になってるけど、でも相談者は別に実在してるわけじゃないんだろって思ってたんですね。記者とか編集者とかがある人からこういう相談が来ましたっていう体で相談をでっち上げてるんだろうなと思ってたんですね。でもこないだ、あのコーナーにほんとに相談送ろうとしてる人がいるの実際に見て、彼（チョウホウ）だったんですけど。

悩みの内容というのはもちろん、わたしたち家族絡みのことで。「こんにちは。八十代男性です。歳のわりに健康です。妻に先立たれ、現在は独身ですが、家には五十代の娘がいます」。息子もいるだろっていうね、でもそれには触れてなくて、「娘は大学生の時期、人間関係がうまくいかなくなり、途中から大学には行かなくなり、以来、家に引きこもるようになり、大学は結局中退し、以来何十年と、仕事は特にしてません。二十代の頃はスーパーや飲食店で働いてみたこともありましたが、どれも長続きしませんでした。でももうそれはいいんです。ご相談したいのは、以下のことです。娘は毎日日中、自分の部屋に掃除機をかけます。すると掃除機がノイズ立てますよね。娘は掃除機をかけているあいだ、つまり、そのノイズがしているあいだにですね、叫ぶんです。叫びの内容は、わたしたち親に対する罵声であることが一番多いです。ときどき、自分自身に対する悔恨を吐き出しているように聞こえることもあります。言葉の体をなしていない吠え声のようなこともあります。ご近所に迷惑で申し訳ないという気持ちもありますけれども、何よりも、それを聞くのがいたたまれなくて、胸をきつく締め付けられているような気持ちになるんです。どうしたらいいでしょうか、なにかアドバイスいただければ幸いです」。

暴力

［デメ、二階のホマレと話す。］

デメ　以前のもっとフィジカルに暴力的だったときとの比較で言ったらあなたもずいぶん落ち着いたよね。
ホマレ　対ヒトに暴力ふるったことは一回もない。
デメ　ヒトに当たらないかわりにぼくに当たってきたからね、おぼえてるかな一度ぼくのこと思い切り蹴ったことあるの。
ホマレ　あんたのこと蹴ると裸足《はだし》だと結構痛いんだよ足の甲、骨がじんじんすんだよ。
デメ　当たり前じゃんそんなの。だから蹴んなきゃいいんだよ。

ホマレ

でもさ、「痛い」って感覚って、カーッていう自分でも制御不能な状態になってるのをスーッて我に返るのを促してくれる鎮静作用みたいなところってあって、柱のこと殴ったこともあったけどそのときの、手の甲の、指の付け根の、拳つくると出っ張るところの皮膚がすり切れてるそこから血が出てる、っていう部分のひりひりしてるのが感じられてくるとスーッて冷静になってくるみたいな感じ、そういうの悪くないというか嫌いじゃなかったんだよね、なだめてくれるような感じ、痛みが。わたしに対してそういうことしてくれたことあるのそういうときの痛みだけだからさ。（中二階の部屋の柱のひとつを指して）この柱、わたしが前に殴った跡、すごい小さいのだけどへこんでる部分あるんだよね。すごくないパンチで木材へこませるって？

デメ

どこかわかんないんだけど。

ホマレ

これだよこれ。

デメ
え、どれ？

ホマレ
ほらここへこんでんじゃん。

デメ
あ、これ？　小っさ。

ホマレ
これ、何気にモニュメントなんだよねわたしの中ではひそかな。人生の痕跡、わたしの歴史。価値全然ない歴史だけど誰にとっても。

デメ
前にあったよね、ここ（中二階）があなたのスペースで上が二人（ホマレの両親）の部屋だったとき。

ホマレ　あー最低の時期だったね。

デメ　当時二人あんたとコミュニケーション取ろうってがんばってたよね結構いっしょうけんめい。

ホマレ　だからそのがんばりがこっちからすると迷惑でしかなかったって話であって、わざとああいう部屋の割りあてにして、昇り降りする都度都度強制的にわたしがあの人たちと顔合わせなきゃいけなくなる状況ってのをわざと作って、お互いに顔の見える位置関係で日常的にいたほうがいいんじゃないかと思うとか何とか言って、端的に地獄の日々だったあの頃は。しかもあいつらの振る舞いだって結局全然だめだめだめだったし。顔合わせたとき何かろくなこと言うのかっつったら全然そんなことない。「回復支援プログラムっていうのがあるみたいなんだけどっていうのをお母さんは見つけたんだけどちょっと顔出してみない？」だの「就労チャレンジコースってののがあるみたいなんだけどやってみるの興味ない？」だのなんたらプログラムかんたらプログラムの紹介しかあんたわたしに話すことないのかよっていうさ。

デメ

あれは当時の、お母さんの気持ち的にはよかれと思ってやってた必死の働きかけだったんだと思うけどね。

ホマレ

逆効果でしかないのがなんでわかんなかったのかな最後までわかんなかったよねあの母親。そして父親のほうは父親のほうで何わたしに話すのかと思ったら「やあね、ここに書いてある記事だけど、ひどい話だよ、現職の市長がさ、こないだ解散した衆議院のこんどの選挙に出馬するから市長を辞めるって発表したんだよ、市長選で選ばれて一年も経ってないまだなんもしてないだろっていう、与えられた任期全うするのが筋ってもんだろう。無責任にもほどがあると思わないか？　呆れてものも言えないよまったく」ってそんなことわたしに言ってどうすんだよ知るかよっていう。

デメ

いざ話すとなると何話したらいいのかわかんなくなっちゃうっていうのはでも彼はあいかわらずそうだよね。

ホマレ

あの頃に較べたら今はだいぶいいよ。そのおかげだよねたぶん、最近対モノへの暴力もめっきり減ってあんたにも当たらなくなってきてるよね。一番おっきいのは向こうが変わったからだよね、わたしが年取って落ち着いたってのだけじゃないと思うよ。時間かけてだんだんこっちとの関係の取り方学んできてるんだとは思うよね、時間かかりすぎだけどね。

デメ

一度聞いてみたかったんだけど、ここだけの話、殺意抱いてた時期ってあったでしょ?

ホマレ

それは逆に向こうにあったんじゃない? 今もまだあるかもしれないけど。あの人の頭の中で。わたしを殺すこと、それに関係するいろいろが、あの人の頭をよぎったことが一度もないってことはあり得ない。何度も何度もよぎったはず。「殺すしかない、それしか選択肢はない」って。まあ、当然だと思うよ。わたしも、殺されるときはどうやって殺されるのかって考えることはある。

それで思ってるんだけど、いちばん厭なのは寝てるところに顔に枕押し当てて窒息死するっていう方法。それだけは勘弁してほしい。

デメ

こないだ見た映画で主人公がお母さんのことお母さんが寝てるところの顔に枕押し当てて窒息死させるって方法で殺してたよ。

ホマレ

それ苦しそうだからそれだけはやだな。

デメ

でもそのやり方はあの人にはもう無理だよね体力的に。抑え込めないでしょあの歳で。

ホマレ

もっと体力ある若いうちにやっておけばよかったって今頃実は、後悔してたりして。

デメ

その映画見てるあいだは、観客としてはどちらかといったら殺す側目線だったからかもしれないけど、枕って銃とか刃物みたいな残酷な凶器じゃなくて血も出ないし、だから枕使うっていうのは、「いいな」じゃないけど、ナイフで喉掻き切って血が飛び散ったりみたいのと較べると清潔というか、穏便で、いいんじゃないかと思ってたんだけど、でも確かに言われてみれば枕押し付けられて窒息死は殺される側からするとエグいよね。

ホマレ

エグさの基準を血が出る出ないみたいな上っ面で判断しちゃだめだよ。殺される側の立場になって考えないと。息絶えるまでのプロセスが、勾配《こうばい》が緩くてちんたらしてたらそのぶん長いこと苦しまなきゃいけない。喉《のど》掻き切られるとか銃で急所ちゃんと外さないであっさり仕留めてもらえるとかのほうが俄然いいよね。

一見惨殺《ざんさつ》みたいな、メッタ刺しにとかされたとしても、その一発目であっさりいかせてくれてるんだったらそれ以降のことはなんとも思わないしな。メッタ刺しにする人にはさ、その人なりの、いやいやもう死んでんだからこれ以上やってもやんなくても一緒なのにみたいな合理性を超えたいろいろ鬱積した思いがあってそれでメッタ刺しにもするんだろうけど、あの人にもいろいろ鬱積してるものがあるやもしれないわけでもしそうなんだったらどうぞ好きなだけメッタ刺しにでもなんでもいいからして好きなだけ発散したらいいんじゃないですかっていうふうに思うよ。

デメ
もしこの部屋のなか血まみれにされたら、それ誰かが後始末しなきゃいけないわけだけどその誰かって、たぶんぼくがそれやらされるはめになる可能性大だよなっていうことに今気づいたわ、今までなんかそのへんのこと他人事みたいにして聞いてたけど。

ホマレ
わたしがちょっと興味があるのがさ、血が大量にドクドク外に出てくときってどういう感覚なんだろうってことで、それってたとえば動脈切られて身体から血が噴き出るみたいな場合って血と一緒に意識もすうーっと身体から抜けてくみたいな感じなのかなとか想像するんだけど、その場合の血って、あんたにとっての電流みたいなものって考えてもいいのかな。訊《き》きたいんだけど電源が入ってる状態からスイッチオフされたときに意識ってふうーって抜けていくみたいな感じがするの？　それってなんか一種の恍惚みたいな感じ？

デメ
いや。これ勘違いしてるんだと思うから言うけどぼくの場合のスイッチのオンオフは意識のオンオフとは全然別だから。スイッチのオンオフは単に掃除機としての稼働するののオンオフに過ぎなくて、それを命のオンオフと同一視するメタファーみたいにしないで。

ホマレ
じゃああんたも知らないんだ〈そのとき〉がどういう感じなのかは。

デメ
知らないよそりゃ。あれ、もしかして〈そのとき〉がどんななのか想像しようとしてる？　え、それってあんたの〈そのとき〉？　それともあの人の〈そのとき〉？

ホマレ
それは、どっちなのか定かじゃない。

あの人さ、自分の〈そのとき〉が来る前にやっつけとくべき、懸案事項、つまりわたしだけど、については、どのくらい本気で考えてんだろう。もし、ある意味すごいちゃんと本気で考えてるとしたら、もしかしかたら、めぐりだしてるかもしれないよね今も、あの人の頭の中を。殺意がさ。

それともあの人は、それなりに落ち着いてるこの現状維持のまま逃げ切ろうとしてるんだろうか。わたしのことは放置プレイということで。

まあ、いいんだけど別にどうだって。

サンパウロの街路樹

［中二階の部屋で、リチギがデメに話す。］

リチギ　前にやってた倉庫バイトで知り合ったヒデっていう友達の話したことってなかったっけか？　そいつと会って。ちょうど今こっちに戻ってきてて、だったらじゃあせっかくだしってことで。ヒデがサンパウロで見たっていう街路樹の話がヤバくて。ヤバいっていうか、すごく、印象的でさ。

デメ　サンパウロなんて、遠いとこ行ってたんだね、地球のここから真裏じゃん。

リチギ　そう、でもまさにその、ここから一番遠い地球の真裏だからというのが理由でブラジルにヒデは行ったんだって。そこでただぶらぶら、観光らしい観光をするわけでもなく、大きい有名な公園があって、そこには行ったって言ってたかな、でも基本的にはあてもなく街を歩いて腹が減ったらそのへんで適当に食べてってしてて、そしたら、それはヒデが小さな坂道の路地を歩いてた、その路地が大通りにぶつかって、その平坦な大通りの歩道を歩いてたときだったらしいんだけど、ふいに意識が街路樹に向かって。

〈街路樹〉って普通俺たちが言うときにイメージするのってすぐそこのバス通りにもあるまあすごく典型的なけやきの街路樹みたいなもののことだと思うんだけど、そういうのはヒデいわく、抑制の効いたもの、もっと言うと抑圧されたものだと。都市の風景に緑が全然なかったらあまりにも味気ないですよね、やっぱりちょっとは自然の要素が欲しいですよね、とかとかそういう思惑で植えられて風景に彩りを添える、あくまでも添え物。そしてそういう街路樹は都市の中で分をちゃんとわきまえているというか、わきまえさせられている。放っておくと枝が伸びて茂ってくるけどそれも定期的に剪定《せんてい》されてる。髪の毛定期的に床屋なりに行って散髪するのと一緒。そうやって都市の中でいい塩梅にコントロールされてる自然。都合のいい存在。そういうのが街路樹だ、街路樹ってそういうものなんだとこれまですっかり思いこんでたけれども、サンパウロの街路樹を見てそういう勝手に持ってた思い込みがぶっ壊されたってヒデは言ってた。

サンパウロの街路樹は抑圧されてない、コントロールされてない、自由さだった。気候や植生のせいもあるんだろうけど、何せ高い木が多くてそれがどれも好き勝手、茂りたい放題に茂って、剪定なんかされないで伸びまくった梢《こずえ》が、道路沿いに建ってるビルの壁に今にもふれそうになっているのもざらで、いやすでに思いっきりぶつかってるのもざらで、つまりサンパウロの街路樹はヒデいわく、都市の中でめちゃめちゃ大手を振ってる、その様子にヒデは、啓示を受けた、って言ってた。この啓示を受けるために自分は地球の裏側まで導かれたんだってわかったって言ったんだよ。

カーシェアリング

［リチギ、一階の部屋に降りてきて、チョウホウと顔を合わせる。］

チョウホウ

　きょうの新聞におもしろい記事がひとつあって、うちの近くにも、あの、市民病院の手前の薬局の道向かいにあるコインパーキングにも、カーシェアリング用の車の専用の駐車場所になっている一角があるけれども、記事に書いてあったことというのは、カーシェアリングのサービスをやってる会社の話ということだったんだけれども、その会社はサービスの利用時間とか走行距離とか、ガソリンの消費量とかかね、そういったデータを記録をとってるわけだけど、データをとっていたら、どうにも不思議なことが見つかって、というのも、カーシェアリングのサービスを、一時間なり二時間なり使っているのにもかかわらず、そのあいだの走行距離がゼロ、車を走らせていないというケースがある、しかもそれはそこまで稀《まれ》なケースというわけではなくてわりと見受けられるというんだよ。それが判明して会社の担当者は首を傾《かし》げた、一体これはどういうことなのか？

リチギ

寝てんでしょ。仮眠とってんでしょその車の中で。

チョウホウ

あ、この記事、読んだ？

リチギ

いや。

チョウホウ

大正解だよ、まさにそうだというんだよね。仮眠とるために車借りて、駐車場の中で、その車の中で寝るっていうためにカーシェアリングのサービスを使ってる人が、結構な数存在してるっていう記事だったんだよ。そのほうが他の、たとえばネットカフェの個室に行くのに較べてもずっと安上がりだっていうんだよね。

ということはあそこのコインパーキングにも、わたしはその前を通るときも、ただ素通りするだけで、カーシェアリングの車のことも遠巻きにしか眺めたことはないけれども、ときどきいるのかもしれないね実はあの中で、仮眠とってる人がね。座席を倒せるだけリクライニングしたりしてね。案外と快適なのかもしれない。

リチギ

前もって言っとくと、前にバイト一緒だった友達が、たぶん明日とかうちに来ると思う。

チョウホウ

うん。わかった。

リチギ

それで、これも前もって言っておくと、そいつ一日二日いることになると思う。

チョウホウ

うん。わかった。

倉庫

ヒデ

俺たち某大企業の倉庫で働いてた時期がかぶってたんですよね、と言っても俺は一週間もいなかったですけど。

あそこでやらされる作業って完膚なきまでに単独作業なんで、他の働いてるやつと接点持つことって基本発生しなくって、誰とも話す必要なくただ黙々と、ピッキングっつって、来た注文が一人一台こういう手持ちのスキャナーあてがわれるんですけどそこにどの商品ピッキングするかっつう指令が来て、俺らはもっぱらそれに従って粛々とばかでかい倉庫を倉庫五階まであるんですけどワンフロアあたりもすげえ広いし、その中を、指令が来た商品あるとこまでカゴ載せたカート押して、該当商品見つけてはカゴん中入れ、そしたらまた次の商品の指令が来てというのを延々やる、そのあいだずっと一人、っていういくらやってても同僚と仲良くなりようがないという職場だったのに、なぜかリチギくんとは仲良くなったんですよ。リチギくんがなんだかいたく俺のこと気に入ったみたいで。あそこで働いてたあいだに俺がそういう関係を築けたのはリチギくんとだけですね人間とって意味では。

モノとはってことで言えば、そのスキャナーとはある意味めっちゃ濃ゆい関係になりましたけどね。なんせ指令絶えずよこしてくるわけなので。

俺そのスキャナーのこと大っぴらにじゃないですけどね、内心でですけどね、熱帯雨林隊長って当時呼んでました。人間、それが相手がたとえモノであっても濃ゆい関係になったら、まあ濃ゆさにもいい濃ゆさもあればヤな濃ゆさもありますけど、そしてそのときの俺のは最悪の類《たぐ》いの濃ゆさでしたけど濃ゆい関係になったらまあ特別な呼び名いつの間にか付けちゃったりする性分ってあるんじゃないかと思うんですよ。そういうわけで熱帯雨林隊長。ひとつのピッキング作業にかかる時間に熱帯雨林隊長は都度都度ノルマ設定するんですよ。そしてそのノルマ俺ら従業員が達成できたかできないか絶えずチェックしてる。働いてるやつ全員のノルマ達成率把握しててそのランキングを貼り出す。ランキング下位のやつにはおのずとプレッシャーつうか劣等感つうかがかかる。

俺は働き始めたのは月曜日で、月、火、水、木、四日働きました。そして四日目にジャッジを下しまして、ここはクソだなと。木曜日のシフト健気に全《まっと》うしたのを最後にジャングルから華麗に離脱しました。熱帯雨林隊長は床に思い切り叩きつけ惨殺してやりました。結果まあ当然のことですが損害賠償請求されその額はそこまでにこつこつ積み重ねたバイト代四日ぶん総計よりよっぽどしましたけどねっていう笑えない話もあったりしますけど後悔はまったくしてなくて、むしろ俺はそのジャッジ下すのに四日も要してしまった自分のグズグズ加減が不甲斐ないと思ってるくらいで、だって俺ここがクソだということ、クソ溜まりだということ、深刻な世界クソ化の加速度的進行現象がまさに起きてるここは最前線だと初日の月曜日の時点で実はすでにうっすらわかってましたから。

それなのにプラス三日決断を引き延ばしてしまった。ここに漂うかぐわしい匂いはクソの匂いじゃないと自分に言い聞かせてしまった。日和《ひよ》った、ということ以外のこれは何物でもないですよね。〈一日目でやめるのはさすがにどうだろうか。あまりに性急じゃないだろうか。常識外れじゃないだろうか。もう少し様子を見てから決めよう〉みたいな。〈自分の直感を信じることは確かに大事だ。けれども直感と自分が思っているものの大半は実は独りよがりに過ぎなかったりもするものだ〉みたいな。そうやってあーだのこーだの言い訳して引き延ばした。

これは今にして思えば自分自身に対する実に不誠実な振る舞いでしたよね。自分に対して詐欺を働くようなことをしてたわけだから。

ぼくはそれをそれなりに自覚できていたんですよね。にもかかわらずあたかもそんなこと自覚してないみたいにして、つまり自分を騙して、クソ溜まりの中に突っ込んで、そこに浸かったまま火、水、木、決断に必要な時間だったわけでは実はまったくなかった、その意味で自分的に市場価値ゼロの三日間を熱帯雨林で余計に過ごしてしまった。それを激しく後悔してるんです。つまり、そんなことは絶対に二度ともうしないという強い決意を持ってるんです。

でも本当の問題の所在は、もっと手前の段階にあったんじゃないかって話もあって、というのは要するに、熱帯雨林に実際突入する前にそこがクソ溜まりだってことをほんとにわかってなかったのか？　いや、わかってたんじゃないか？　ということで、つまり、クソ溜まりに飛び込んだ俺はそこがクソ溜まりだと実は知っててそれなのに飛び込んだ。だとしたら狂ってますよね、でも事実そうだったんですよ。

どうして、そんな狂ったことしたんですかね。俺にしてもリチギくんにしても。

それは、他の選択肢がないって思ってたからですよね、クソ溜まりに飛び込むより他の。

俺たちは、クソの匂い嗅ぎながらも「今嗅いでるこの匂いはクソの匂いじゃない」って自分に言い聞かせ率先してクソの中にダイヴしてくってことが、必要に駆られるとできちゃうんですよ。

これは敵にとってはこのうえなく便利な機能ですよね。この機能なしには、世界の著しいクソ化がますます加速度的に進展しているきょうびどこもかしこもクソだらけなわけで、そこに誰のことも飛び込ませられなくなっちゃいますからね。

ところで、ここで浮かんできてしかるべき素朴な疑問。それは「どこもかしこもクソなんだったらどこにも飛び込まなくたっていいんじゃない？」。

そしてそれへの答え。それは「その通り。どこにも飛び込まないのが正解」。

二階の部屋

リチギ

上の二階の部屋はうちでいちばん広くてここ（中二階）よりひとまわりはでかいはず、でももう相当長いこと中見てないから、もしかしたら、今俺が思ってる上の部屋のでかさのイメージは俺が子どものときに持ってたものがその後の更新というか訂正が全然されないまま残っちゃってるやつで実際の大きさは俺が今思ってるのよりも狭いのかもしれないけど。今実際に見てみたとしたらすごい驚いたりして、えっこんな狭かったんだ、って。

あるときまで親の寝室として使われてて、これは俺がまだすごい小さいときの記憶だけど俺も夜寝るとき両親と一緒にそこで寝てたなってのは憶えてる。ベランダのほうの東向きに頭がなる向きに、だからこういう向きに布団並べて敷いて寝てた。確か。

そのときはここは姉貴の部屋で、憶えてるのは、壁に、どの壁だったかな、この壁だったかな、トム・クルーズのポスターが貼ってあって『トップガン』とか『カクテル』とか。ファンだったたんだろうね、知らないけどさ、本人に訊いたことあるわけじゃないし。もしかして今もまだ貼ってあるのかな上の部屋に？　やべえなだとしたら。

姉貴の部屋を上にして親たちの部屋をこっちにしてって交替したのは、今思うに普通に思春期っていうか、よりプライバシーがほしいってことだったんだろうな姉貴が。

ヒデ

そのときのリチギくんの部屋は？

リチギ

あの下だよ一階、他にないじゃん選択肢。たぶん親としては最初は二階の部屋を間仕切り立てて俺と姉貴二人でシェアして使わせようとしてたんだけど、それは姉貴が強行に反対してまあその気持ちはわかるけど。だから当時はあの部屋（一階）はソファベッドが置かれてて親が俺用に買ってくれたやつ、寝るときだけベッドにしてそれ以外の時は起こしてソファにして使うっていうのが当初の計画だったんだけど、でもまあいちいちベッドにしてまたソファにしてまたベッドにしてなんて面倒なことやってられないから、結局基本ソファで寝るっていうことになっちゃったけど。

俺は姉貴が独り立ちしていずれ家出るだろうそしたらあそこを俺の部屋にできるだろうって

思ってたんだよね。でもまあそうならなかったっていう。
ひとつ注意しておくと、姉貴と顔合わせても別に気ィ遣って挨拶したり会話しようとしたりとか無理にしなくていいからね。ていうかまあ挨拶くらいは別にしてもいいんだけど、ただ会釈とかするときについでにちょっと微笑んだりすると、姉貴はその微笑みを自分になんか変なところがあってそれを笑われたんだって受け取るから、注意して。

［掃除機の騒音。チョウホウ、ヒデに。］

チョウホウ
これは娘が上で掃除機をかけてるんですよ。娘はきれい好きなんですよ。

［ホマレ、叫ぶ。］

ホマレ
全部お前のせいだよわたしがこうなったのは百パー。
お前がびびって臆病者だからわたしがこうなった、お前が甘やかしたお前の責任なんだよ！

臆病者だったせいでわたしを躾《しつ》けることから逃げた、その挙げ句の果てがこのザマだってのはわかってるよな！

全部お前のせいだよわかってんのかよ、責任感じてんのかよ！　ゼッテー許さねえ！

責任取れねえ臆病者のくせに、子ども育てられると思ってたのかよまともに育てられなかったじゃねえかよ失敗してんじゃねえかよ。

お前が臆病者だってのはわたしは五歳のときからわかってたんだよ！

チョウホウ
今のに対して驚かれたんじゃないかとも思うので補足しておくと、今あの子が言ってた〈お前〉というのは、わたしのことかなと思ったかもしれないですけど、あれはあの子の母親に対して〈お前〉って言ってるんです。わたしのことじゃないんですよ。そういう点があの子の優しいところでね、つまりあの子は、もう死んでしまってるわたしの妻に当たってる、そうやってわたしには当たらないようにしてくれてるんですよ。

ヒデ
あのー、娘さんもしかしてミュージシャンですか？　とかいうとまるでからかってるみたいに聞こえちゃうかもですけどそういう意図では全然なくて俺ほんと今のは音楽として聴かずにはいられなかったというか、魂のシャウト、これこそ真の音楽というか、

チョウホウ

音楽にはあの子は今はわたしの知る限り関心はほぼもうゼロじゃないですかね。小さいときピアノ習ってた時期もあったんですけど、週に一度先生がうちに来てレッスン、ちょうどこの部屋でやってたこともありましたけどね、その時はピアノがここに確かこんなふうに置いてあったんですよね、そしてあの子がこうやって弾くのを先生が隣に座ったり立って後ろからだったりで見ていて、音大出てまだ間もないくらいの、若い女の先生だったですけど、いかにも音大出という感じの、小柄で礼儀正しい、いいとこのお嬢さんという趣きの、躾けの行き届いている感じの、服装も清潔感があって、なかなか美人だったし、お尻も形がきれいで、そう、まあそういう感じのレッスン風景でした。グランドピアノじゃなくてアップライトピアノでしたけど、それでも場所はそれなりに取るから、先生にここに立たれるとわたしが向こうに行きたかったり、反対に向こうから来てこの部屋通ってあっちに行きたかったりするときにちょっと邪魔で、これはあの先生の癖だったのかなこっちの方向からあの子のこと見るっていうのは、どうして反対側からじゃなかったんですかね、反対側のこっちに立っててくれるぶんには通るこちらの邪魔にはならなかったの

に。いや、そうだ確かあのときはこっちにはこのあたりに本棚があったんだったな、結構大きな、この壁いっぱいくらいの幅の、奥行きも割と深めの、ほら、本を二層ぶんしまっておける本棚ってあるでしょ、奥にひとしきり所蔵できて、その手前にも本を入れられて、それで手前の部分はスライド式になってて、奥のも何がしまわれているか見えたり取り出せたりするようになってる本棚ね、あれがここにドンッとあったんだな、だからこっちに立つことはできなかったんですね物理的に。

それにしても、あのときはなんでこの部屋にピアノを置くことにしたんだっけか。当時も二階があの子の部屋だったんですよ。あの部屋が一番広いんだからそこに置けば窮屈にもならないしいいように思うんだけど、なぜそうしなかったのかな。忘れちゃいました。

延長コード

［リチギ、一階の部屋で、チョウホウと顔を合わせる。］

リチギ　ここの部屋ってさ、途中で工事して取り付けられたたけどそれ以前は壁コンセントひとつもなかったと思うんだけどその記憶合ってる？

チョウホウ　うん、合ってるね。

リチギ　だよね、だから俺、あれたぶん小学校のときにラジカセかなんか聴きたくてそのために電気が必要だったのかな、あっち（中二階）のコンセントから延長コード伸ばして、しかもうちにこの長さ一本でまかなえるような長い延長コードなかったから、かわり短いのは何本もあったからそれ繋いで繋いでってしてあそこからこっちまで延ばしてきてってこと当時やってたんだよな。

俺の手のひらのこの、親指の付け根部分というか土手部分というか、ここに残ってるちょっと黒ずんで痣《あざ》みたいになってるのってさ、延長コードの先に延長コードさらに繋げるってたぶんやらないでくださいの事項の中に普通に含まれてることだと思うんだけどそれやっててあるときバチッ、て火花が散ってさ、それで俺火傷《やけど》したことがあるんだよ。知らないでしょそういうことがあったの。ほら、これその痕《あと》なんだよ。

［リチギ、家から出る。］

リチギが家を去った

ヒデ

　リチギくん、毎日こうやって出かけて果たして日中どこでどうやって過ごしてるのかお父さん知ってます？　日によっていろいろらしいですけどね。まあでもいろいろと言ったって選択肢がそんなにたくさんあるわけでもないらしいですけどね。いくつかの図書館。いくつかのショッピングモール。などなど。ショッピングモールと言っても中に入ってるカフェとかに入るわけじゃないですよお金かかるからそれは。構内にある休憩スペースとかのベンチで過ごすとのことでしたね。暑くもなく寒くもない、雨も降ってない、そういういい陽気のときは、公園とか川辺に行くこともあるらしいです。金かけないで長居できる場所っていっても限られてますからね。今のですか。

世の中何をするにも、なんもしないってことをするってのも含めてですよ、金が要《い》るじゃない

というわけでリチギくんに残されている場所の選択肢は限られている。同じとこに連日立て続けに通うわけにもいかない、これは彼の気持ち的にね、毎日河岸《かし》替えないといけない、他人の目が気になるらしいですよ。一度行ったら次にそこ行くまでにしばらく期間空けないといけない。

焼き畑農業、ってリチギくんは言ってましたけど。

こういうリチギくんの状況お父さんどこまで把握してました？　いや、知ってるんですけどね

全然把握してないでしょってことは。

リチギくんの話を聞いて俺は言いました。「大変だな」。

リチギくんは言いました。「大変だよ」。

「だったらさ」って俺は提案したんです。「ここはひとつ思いきってどっか新しいところに行ったらいいんじゃないかな」。

というわけでリチギくんは、そこに向かって旅立ちました。思いっきり新しいところに。だからここには戻ってこないです。

それがどこかは、俺は知ってますけど、でも言えないですけど。いずれ連絡よこしてくるはずですので、それまで待っててやってください。

というわけでこの空いた部屋、しばらく俺いさせてもらいます。

チョウホウ
でもだとするとそれは、困ったな。
これまではわたしはいつも、ものごとというのは常にいろんなことの絶妙な配置とタイミングで成り立ってる、その絶妙なバランスの保たれた中に、ありがたいことに、ずっといさせてもらってきたんだけれども。それが終わってしまうのだとすると、それは困ったな。

［玄関口のほうにとぼとぼ歩いて行く。外に向かって、まるでその彼方にいる誰かに向かってであるかのように叫ぶ。］

チョウホウ
いつ来るの？　ちゃんと来てよ！　頼むから！　今すぐってわけじゃなくていいんだけど、でものっぴきならなくなるよりも前にはさ、確実に来てよ！

［と叫びながら、ゆっくり歩いて退場。］

［デメ、ヒデに言う。］

デメ

一般的にこれっていいねみたいなことになってる家族のありようの理想型ってあるのわかるだろ。家電の広告なんかで、当製品が使用されておりますシチュエーションこんな感じですみたいに登場する模範的・理想的家族像つまり欺瞞的家族像。

でも実在の家族はどこもそれぞれさ、自分たちで見出すんだよ自分たちがどういうありようの家族か、自分たち家族にとっての均衡とれてる状態はどういう状態か、そういうのは広告なんかではびこる欺瞞的家族像に不毛に憧れちゃったりするんじゃなくてそれとは別口で自分たちで見出す必要があるんだよ。で、そのために家族のメンバー各自あーでもないこーでもないって試行錯誤繰り返すんだよ、長い時間かけて取り組む、家族ってそういう一大事業なんだよ。そういう一大事業の歴史がうちらの家族にもあるんだよ。ぼくだってずっとディープにそれには関与してきていて一通りさ、相談にも乗ったし愚痴も山ほど聞いてきたしさ。あなたにはそれわかっといてもらいたいかな、そしてわかっといたうえでのこの家族に対する基本的リスペクトってのをぜひ払っていただきたいかなってのがありますっていうのはお願いできますかね？

雪

ホマレ

あのときは正月で、わたしは寝ていて、目ェ覚まして、そのときこの部屋は閉め切ってあって、家の外とはすっかり遮断されてたけどわたしにはわかったんだよ、皮膚から身体の内側に染み込んでくるあの独特の寒さの質感とか、音が反響しないでひたすらどこかに吸い込まれてくあの静けさの独特の質感とかで、外が雪が積もってるって。

わたしはそれからずっと、その雪を味わってた、部屋を閉め切ったまま、静かに気持ちが昂《たか》ぶってた。あのときの大雪は、それ以来あれほどの雪は降ってない、そのくらいの大雪だったな。

新年の親戚どうしの挨拶回りだかで、あの人の兄弟の夫婦が来て、わたしが子どものときからずっと苦手なタイプの、この世から消えろと願ってやまない人間のタイプど真ん中の。下の部屋で酒飲んで、うっるさい。何の話題でそんなに盛りあがってるんだか、はじめは気にしてなかったというか努めて気にしないようにしてた、でもわかって、話題がそれぞれの子どものことになってて、当然わたしも話題になってて、あの人たちをそいつらが説教してて、人とのコミュニケーションの能力をちゃんと育んでやらなかったのは親のあんたらに責任あるとかなんとか、それを気にしないでいるのは無理だった。そのうちわたしがどこにいるんだ、どうしてここに降りてこないんだって騒ぎだした。そして階段を、足音が、外みたいには雪の音を消す作用が及んでないこの家の中を、どたどた無遠慮に、こっちに向かって上がってきたけど、それはお前（チョウホウ）の足音だったよな。

引き戸の向こうに立って、お前は「降りてこないか？」と言った。

わたしは「やだ」と言った。

「降りてきなさい」と命令形に変えてお前は言った。「おじさんが来てるから降りて来て挨拶しなさい」。

わたしはそれに何も答えなかった。沈黙のあとでお前は言った。「雪が積もってるよ」。

知ってるよ、と思いつつわたしは無言を続けた。

「外の雪景色見たかい？　きれいだよ」。わたしは無言を続けた。そしたらお前は断りなしで引き戸を開けた。「なんだ、やっぱり見てないじゃないか」。ずかずか中に入ってきて、そして、閉じていたこの部屋のカーテンを開けて、雨戸を開けて、わたしがそのとき味わってた雪の日の気配の特別さをぶち壊したよな。雪に反射した光の眩しさが目に突きささってきて、痛くて涙がにじんで。

お前は言った。「ほら、きれいだろ!」こうも言った。「朝なんだから外のお日さまの光を中にいれなさい」。

わたしは、そのとき、ありったけの声で叫んだ。「わたしは太陽はどうでもいいんだよ!」。

わたしは、自分なんて、人生経験ほぼなにも経験しないでここまで来ちゃってる、のっぺりしてる、平板なやつ、波瀾万丈、山あり谷あり、クライマックス、カタルシス、そういうのとは全然かけ離れた、ずっーと凪《な》いでいる透明な空白をここまでひたすら過ごしてきただけのやつだと思ってる。でも、それが何か問題でも? って本心から言えるようになる境地にどうにかして到達してやりたいって思ってる。

まあ、いいんだけど別にどうだって。

絵はがき

「リチギ、舞台上に登場して、デメに話す。そのリチギはどこにいるということなのか? よくわからない。」

リチギ

俺は、その家のことはもう関係ない、それでも全然思い出さないってわけじゃない、夢にも出てくる。だから、そこまで薄情な人間というわけじゃこう見えて俺はないんだよ。きのうだって俺は、夢の中でその家の外壁をペンキですごいカラフルに塗ってた、壁面を一色じゃなくて何色かに、ヴィヴィッドな原色とかあとは明るい水色とかピンクとかに塗り分けて。なんでそんな夢を見たかの理由はめちゃめちゃわかりやすくて、今俺が日々そういうペイントされてる壁の家々を見てるからだよね。でもその家をそういうふうに塗ってみたはいいものの、出来映えがいまいちぱっとしないんだよね。なんでだと思う？　配色が悪いとかじゃないよ、それ以前の問題。光なんだよね。太陽の光。強い爽快な太陽の光。そしてそれを帯びた大気。それがそこには欠けてる、くすんだ光とじめじめした大気しかない、それが致命的だよね。戻りたいとは思えない。

デメ

そこは今どこなの？

リチギ
それなんだけど、それをまあ最低限の近況、生きてますよってこと含めて知らせるくらいのことはしないとなと思って観光地の土産物屋で売ってる絵はがきにでも一言書いて送ろうかなとは思ってるんだけど、まだやれてない。なんか、絵はがき買うのが、できなくてさ、土産物屋入っていざ買おうとすると、どうしてこんなダサいもん買わなきゃいけないのかって思っちゃって、買えなくて。

デメ
え、でも絵はがきってそういう、ダサさを逆によしとする美学みたいなことなんじゃないの。

リチギ
まあね。確かに。だから、ネクタイに似てるって考えればいいのかな、そしたらあえて感あるものとして絵はがきも買えるかもしれない。今度そういう気持ちでまた土産物屋行って見るよ。

デメ
期待しないで待ってる。

［リチギ、退場。］

デメとヒデ

ヒデ　ひとつ訊きたいんだけどきみこの家から外って出たことある？

デメ　え、ぼく？

ヒデ　うんきみ。この家の外との境界的な、引き戸のサッシの溝ンとこにホコリたまってるの吸うのにノズル伸ばすことがときどきありますくらいがせいぜいでしょどうせ。

デメ

もっと外まで出たことありますけど。

ヒデ

お、どんなとき?

デメ

え、たとえば、ベランダに干しといてたバスタオルとかヒートテックとか、枕カバーとか靴下片っぽだけとか、スリッパ片っぽだけとか、漂白剤の匂いが結構キツくて接近すると割とむせ返るんですけどみたいな食器拭く布巾《ふきん》とか、その布巾漂白するときに使ったゴム手袋もついでに一緒に干しといたののその片っぽだけとかが、洗濯ばさみちゃんと挟んでなかったかなんかで、風で飛んだかで、すぐそこの外ンところにふわって、ときには洗濯ばさみはさまったままの状態で落ちてるのを、掃除機かけてる最中に室内から見つけたみたいなときに、部屋ン中から掃除機の柄《え》を延ばしてブブブブってやって先っちょに吸い付けて引き寄せるってことするときがあるけどそういうときとか。

ヒデ
なるほど。

デメ
まあそれも全身が外に出たわけじゃない部分的外出にすぎないけど。

ヒデ
まあ掃除機なんてその程度だよね。でも中にはきっといるよね掃除機にも、世界中旅して、ありとあらゆるコンセント形状も経験してきてる、その都度さまざまな変換プラグとのコラボも経験してきてる、電圧も二百二十ボルト百ボルトいろいろ経験してる、そういう百戦錬磨のさ、パスポートにもいろんな国の出入国スタンプなりビザなりベタベタ押されまくられてるみたいな、広い見聞持ってる掃除機。

デメ
うん、え、で結局何が言いたいの？

ヒデ

いや、きみの現状の視野ね、パースペクティヴね、もうちょっとひろがったほうがいいんじゃないかなって思ったからさお節介ながら。でもわかんないけどねそれがいいのかどうか。

(「掃除機」了)

NO SEX

ノー・セックス

登場人物
ヘデラ・ヘリックス
モンステラ
アンスリウム
ガジュマル
マツモトさん
ナカムラさん

マツモトさん
（観客に）こないだ〈未来〉と遭遇したんです。俺の店にやって来たんですよ。そのときの話をしようと思うんです。そのとき俺がどうしたかという話を。というか、ごくかいつまんで言うなら、そのとき俺はどうしたらいいのかわからなかった。だってわからないでしょ？　〈未来〉が来たときどうしたらいいかなんてあらかじめ心得てるやつなんていないでしょ？
こないだ俺の店に来た〈未来〉たちは、互いを観葉植物の名前で呼び合っていた。まさか本名じゃないだろうとは思うけれども。
いや、それともそうだったのか？

音楽が始まる。これからはじまるカラオケ曲の前奏だ。無性的でファッショナブルな装いの四人の若者（モンステラ、アンスリウム、ガジュマル、ヘデラ・ヘリックス）がカラオケ・バー「鬱蒼」の店内にいる。アンスリウムがマイクを手にして歌う（注：初演ではポインター・シスターズ"I'm so excited"の英語のオリジナル歌詞を参考にしたドイツ語歌詞のものが歌われた）。間奏になって、

アンスリウム

今興味深かったのが、「抱きしめてほしい」と歌ってみたことである種の感情の昂揚が自分にも訪れたわけなんだけど、もちろんそのこと自体も興味深いことではあるけど、でもそれ以上に興味深いことだなと思うのが、その感情の昂揚の正体というか実体はいったいなんなのかってことで、たぶんこれに関する超ありがちな短絡的解釈ってあると思ってて、つまり、「抱きしめてほしい」と歌うことによって自分の中にもあー抱きしめてほしいなっていう感情というか欲望が宿るようになるっていう、すなわち一種の欲望のシミュレーションなんだ、みたいなさ、でも実際に歌う体験した結果わかったような気がするんだけどその解釈は違うよたぶん、違うというか解釈としてちょっと浅はかだよっていう、つまり……

間奏が終わったので二番を歌う。歌が終わる。拍手。

アンスリウム

ありがとう。そう、さっき言いかけたことは、つまり、今自分の中で起こったことが何かというと、それは「抱きしめてほしい」って歌ったら抱きしめてほしいって気持ちになるとかそういう単純なことじゃかったわけだ、角度変えて言うと、抱きしめてほしいって感情持たない状態で

「抱きしめてほしい」って歌うなんていうことは余裕でできるんだよね。

ヘデラ・ヘリックス
でもめっちゃ熱唱してたよね。

アンスリウム
熱唱したのは、ひとつにはそういう経験を一度しておこうかなと思って意図的にやった部分があって、だから多少ぎこちなかったところもあったかもしれないと思うけど。

ガジュマル
それも含めてすごくいいと思った。熱唱を通してそこにある情感を理解しようっていう熱意がひしひし伝わってきて。

ヘデラ・ヘリックス
抱きしめてほしい的感情が実際には全然インストールされてない状態なのにもかかわらずあんだけの熱唱ができるっていうメカニズム、あの熱唱の原動力は一体なんなのかっていうことについては、自分らはもっと注目していくべきだと思う。

モンステラ
そこに関して自分が今のアンスリウムのパフォーマンス見ながら気づいた点は、気づいたっていうか改めて思ったというか、歌ってのは歌の中に込められてる感情とか欲望を、歌うって行為それ自体に対する情熱へといつのまにか転嫁させちゃうというか両者を混同させちゃう、そういう不思議な作用をつくづく持ってるよなっていうのを改めて思った。

アンスリウム
確かにそれはすごく強くて、いっしょうけんめい歌おうって気持ちに関しては、今歌ってるときの自分の中にも存在してたかなって思う、その一方で抱きしめてほしいって欲望が存在していたかどうかは、やっぱりかなり疑わしいと思ってて、でもそれについてはね、ってこれ言っちゃうと割と身も蓋もなくなっちゃうんだけど、抱きしめてほしいって言ったところで誰に抱きしめられるって想定したらいいのか？　っていう問題がそもそも存在してるんだよね。抱きしめてほしい特定の人物が想定できないことには「抱きしめてほしい」って歌うことができないというような、そんな排他的なものではないということなんだろうね歌っていうのは。

次の曲の前奏が始まる。ヘデラ・ヘリックスが歌う番。[注：初演ではマドンナ“Like A Virgin”の英語のオリジナル歌詞を参考にしたドイツ語歌詞のものが歌われた。] 歌が終わる。拍手。

ヘデラ・ヘリックス
今、歌詞の中に存在してる〈僕〉とか〈きみ〉っていう人称を示す単語を歌うときにあ、こういうことが起こるのか、っていうのを体験できたような気がする。つまり、あくまでフィクションの世界における〈僕〉でしかない歌詞の中の〈僕〉が、歌うこの自分の一人称に対して重なり合ってこようとしてくる力、しかもかなり強引な力を感じたというか。

アンスリウム
わかるそれ、さっき自分も歌ってて確かにその力は感じてて、ほとんど暴力的と言ってもいいかもしれないような、これって一種のハラスメントなんじゃないのかって思うくらいの。

モンステラ
ハラスメントっていう言い方はおもしろいね。

ヘデラ・ヘリックス
　おもしろいしのみならずすごく的確だとも思う。歌い手に対して歌がする、同一化の強要のハラスメント。しかも外側から襲いかかってくるってんじゃなくて内面に入り込んでくるというか、ウィルスみたいに宿主を乗っ取ろうとしてくるとでも言えばいいのか。それに抗おうとするのって難易度異様に高いよね。

ガジュマル
　ヘデラ・ヘリックスの今のパフォーマンスもすごくよかったと思うよ。さっきハラスメントっていう喩えかたもされた強引な力というのを、自ら身をもって経験して、なおかつそれについての解析もするっていう、チャレンジングなことに臆せず向かって行く姿勢がひしひし伝わってきてすばらしいと思ったな。（ブース内の壁にかかっている内線電話で）ドリンクの注文していいですか？ビールを。（部屋の中のメンバーたちに）みんなは要らない？（受話器に）ひとつでいいです。

アンスリウム
　ガジュマルはビールが気に入った？

ガジュマル
　気に入ったとまだ断定はできないけど、興味深いと感じてるのは確かで、あともう少し味わう経験を重ねてみようかな、判断はそれからかなと思って。

モンステラ
　さっき言ってた人称の問題、すごくおもしろいと思うから引き続き考えてみたいんだけど、〈きみ〉っていう人称に関してはどうなのかな。〈わたし〉については重なり合い得る対象としての自分自身ってのはむろん常に絶対いるわけで、それがいないってことはあり得ないわけで、でも、これさっきしてた議論ともつながると思うんだけど、〈きみ〉に関しては、歌のフィクションの中の〈きみ〉と重なり合い得る実在の特定の誰かがいるってケースだってまあ中にはあるかもしれないけど、別にそんなのいないってケースだってあるから、そういうとき〈きみ〉って歌うときに誰をもしくは何を思い描いていると言えるのか？

ヘデラ・ヘリックス
　そこ意識しながら歌ってたわけじゃあんまりないけどたぶん具体的な像というのは自分は今

特に思い描いてなかったんじゃないかな。そういうのに使える実在の人物がいるわけでもないし。

モンステラ

そのとき思い描くのってでも別に実在の人物でなきゃいけないわけではないよね。

アンスリウム

逆に今どきどんくらいいるのかな、こういう場合の歌の〈きみ〉に同一化させられる特定の人がいるっていう人。ていうかそもそもたぶん対象をつくるってことさえしなくてオッケーなんじゃないのかな根本的なこと言っちゃうと。

ガジュマル

歌をつくった本人ってどうなのかな、こういう類いの歌つくるときってのは、つくる人ってその人自身の実際にした〈そういう類い〉の経験を引用するってのが一般的じゃないかと思うけど、まあしかし今問題にしたいのはつくるときのことじゃなくそれを歌うときのことなんだけど、たとえばシンガーソングライターの人がいてその人が〈こういう類い〉の歌を自分でつくったとして、それを自分で歌うときは、つくった際に参照した実体験のことを思いだしてるのかな。あるいはそれ以外のケースもあるのか、というのはつまり、たとえば現在における〈そういう類い〉の関係の相手に置き換えて歌う、みたいなこともあり得るのか。（店主のマッツモトさんがビールを運んできたので）ありがとうございます。（受け取る）実は、自分らビール飲むの今日が初体験なんですよ全員。驚きですか？

モンステラ
さらに言うとカラオケもですけど。

ヘデラ・ヘリックス
自分らにとってビールっていうのもカラオケっていうのもどっちも自分らの〈クラスタ〉のものじゃなくて。

店主のマツモトさん
〈クラスタ〉？

ヘデラ・ヘリックス
もちろんそんなのつまらない固定観念にすぎないですけど、でもそのつまらない固定観念にどうしようもなく囚われてしまうというのもまた悲しい現実というか。

モンステラ

しかしときには〈インタークラスタ〉的実践をすることがあってもいいじゃないですか。マゼラン的好奇心といいますか。

ガジュマル

ビール初体験の感想お伝えしていいですか、あのー、今まで出会ったことなかったものと出会いましたってときにそれに瞬時にというか脊髄反射的にいい悪いの価値判断くだすのってすごく難しいなっていうのあるじゃないですか、自分らまさに今そういう事態に直面してると言えるんですよね、そういう真っ最中なので今ただちにこれまじ美味《うま》いっす！　ときっぱり言い切れるところまでは正直なところ行けてないんですね、でも、自分これたぶん飲み続けたら好きになるやつなような気がしてはいるんですよ。他のメンバーがどうかはわかりませんが。はい。それであのー、マスターとお呼びしてよいでしょうか、せっかくなのでこの際ついでにというか、さっき最初に自分らがビール注文したとき自分がマスターに「グリーン・スムージーないですか？」って発言したことに関して、あれ悪気はなかったんですが、冗談だったんですが、冗談にしても不用意な発言だったかもしれないと思いまして、気分を害されたんじゃないかと思いまして、それであれば謝りたいなと思ってます。

店主のマツモトさん
別にそんな謝れるようなことだとも思ってないですけど。

アンスリウム
でも異なる〈クラスタ〉の人間から受けるなんとなくいけすかない感じみたいのってやっぱりあると思うんですよね、それを自分らも今マスターに対して与えちゃってるかもしれないなと思うんですよ、それはまったく自分らの本意じゃなくて、本意はどっちかといえばさっきいみじくもモンステラが言ったように〈インタークラスタ〉的実践、そういうのって大事な意義あることだと思うので、そえをやっていきたいってことのほうに置かれてるんですよね。

モンステラ
マスター、自分らみたいのがこのすばらしい……えっと、このお店の名前何でしたっけ？

アンスリウム、ヘデラ・ヘリックス、ガジュマル
「鬱蒼《うっそう》」。
モンステラ
そうでした「鬱蒼」。失礼しました。
アンスリウム
やめようよそういうさ、名前言えないとかは。入ってくるとき見えてるんだからさ看板。
モンステラ
ほんとそうだね、失礼しました。いや、確認しておかなきゃいけないことがあるなと思っていて、それは、マスター、この「鬱蒼」に来たことによって自分ら今、マスターのこと不愉快な気持ちにさせたりとかってしてないですかね？
店主のマツモトさん
別に。

モンステラ
大丈夫ですか？
店主のマツモトさん
なんで俺が不愉快になると思ってるのかが、ちょっとわからないんだけれども。
モンステラ
だからそれはマスターと自分らは〈クラスタ〉が火を見るよりも明らかですけど違うので。
店主のマツモトさん
その〈クラスタ〉って言葉の使い方もよくわからないんだけれども。
アンスリウム
でもそうかもしれないですよね〈クラスタ〉って割と自分らの〈クラスタ〉限定のボキャブラリーかなっていうところあるかもなので、って今なんか込み入った言い方になっちゃいましたけど。

モンステラ
お訊きしたいのは要するにですねマスター、自分らここでカラオケ体験あとビール体験、引き続きさせてもらってても大丈夫ですかね？

店主のマツモトさん
どうぞ。好きなように。

モンステラ
じゃあお言葉に甘えて。

モンステラ、マイクを持つ。
店主のマツモトさんはカラオケコーナーから離れる。と、掃除のナカムラさんがすでに登場していることに気づく。
モンステラはカラオケを歌うのかと思いきや、以下の長せりふをはじめる。

モンステラ

さ、次の歌に行こうかなと思いつつその前にさっきの〈わたし〉なり〈あなた〉なりといった人称にまつわる話題がらみのことで自分ちょっとしつこいかもしれないけどあとひとつだけ思ったことがあったんだけどそれだけちょっと言わせてもらっていいかな、というのはつまり歌う人間の一人称が同一化しうる歌詞の中の人称ってのは必ずしも一人称に限定されてなくって、二人称の〈あなた〉なり〈きみ〉のほうに同一化するってことも実はあるし実際それって起こってるよねっていうことなんだけど、わかるかな今言ってること、つまり、〈僕〉は〈きみ〉にさよならを言いに行くんだ、って歌ってるときでたとえあろうとその歌ってる人間が〈僕〉にアイデンティファイしてるわけじゃ実はなくてアイデンティファイしてるのは〈きみ〉のほうだったりするみたいなことってあり得るよねっていう話なんだけれども。

ガジュマル

つまりこういうことかな、〈僕〉は〈きみ〉にさよならを言いに行くんだ、って熱唱してるときの、その熱唱のエネルギーって実は、自己をこれからさよならを告げることになる〈僕〉に対して投影することではなくて、これからさよならを告げられることになる〈きみ〉に対して投影することによって歌い手の中に生じるパワーに由来してるっていう。

モンステラ
そう、そういうことだってあり得るっていう話だよね。今のヘデラ・ヘリックスのパフォーマンスがどうだったのかというのはまたそれとは別の話なんだけど。

ヘデラ・ヘリックス
もちろん完全に客観的な冷静な解説をするってのは自分には無理だけど、でも自分自身の認識としては、さっき歌ってたとき特に〈僕〉と〈きみ〉のどちらかにより肩入れするようなことはしてなかったんじゃないかという気がするけどな。両者に対してあくまで公平というか、同程度の距離を保つような感じだったと思う。

アンスリウム
レフェリーみたいな感じ?

ヘデラ・ヘリックス
それに近かったんじゃないかと思う。

ガジュマル

ちょっと変なこと言うかもしれないけどさ、人間は誰しも自分を一人称で認識しているわけで、少なくともそれがいちばん一般的な認識の仕方というのは確かなわけで、や、ここまではまだ特に変なことは言ってないと思うけどね、変かもしれないことを言う予定なのはもうちょっと先なんだけど、だからフィクション上の一人称と二人称があった場合に一人称のほうに自分のこと投影するって考えるのはわりとまあ普通だと思うんだよ。これは一人称の立場からしたら、歌い手の自己が投影されてくるのは当然自分のほうにでしょって思いこんでしまっていたとしてもまあ無理はないよねっていうことだと思うんだけど。

アンスリウム

今ガジュマルそれ人称を擬人化するっていうなにげにメチャメチャトンガってることやってるね。

ガジュマル

ありがとう。一人称の立場からしたらさ、当然こっちに投影して来るものと思ってたところが二人称のほうに投影されたってなったらそれってなんというか、ちょっと一人称的には裏切られた的な感じになるかもしれないよなと思って、不義を働かれたとまで言ったら言い過ぎかもしれないけど。ほらやっぱりちょっと変だよね自分が言ってること。

ヘデラ・ヘリックス
ううんわかる話だよ、わかるよね？

モンステラ
わかるし、それに大事な話してると思うよ。

アンスリウム
選択は歌う人間自身に委ねられてるってことだよね、〈僕〉にだって〈きみ〉にだって、どっちでも好きなほうに自分をアイデンティファイしていいっていう自由がこっちには与えられてるっていう。

ヘデラ・ヘリックス
自由というよりも、その人の置かれている状況に左右されるっていうことだっていうのが正しいんじゃないかな、たとえばその人は実人生において実際最近別れを経験してるかもしれない。それが自分から切り出したのか相手から切り出されたのか、とかでどっちの対象に重ね合わせるかは当然変わるだろうし、あとはその人の性別だって多少は影響するかもしれないし。

アンスリウム

そうだね、でもそういう個人の状況や性別を超えることのできる可能性もまたあって。

ヘデラ・ヘリックス

確かに。

アンスリウム

人間の認識を一人称のなかにだけ閉じ込められている状態から解放したというのはまさにフィクションが人類史において行なった偉大な業績だからね。

ヘデラ・ヘリックス

共感能力。共感する対象の選択の自由。

ガジュマル

一人称のほうによりアイデンティファイしやすいみたいなバイアスってのはまったくかかってないのかな？

モンステラ

そこは自分も興味がある点だな。

店主のマツモトさんと掃除のナカムラさん、ここまで、このディスカッションを茫然と見ていた。

掃除のナカムラさん

彼らは、何者？

店主のマツモトさん

わからない。わからないが、これはついに、現われたっていうことかもしれない。

掃除のナカムラさん
　現われたって、何が？

店主のマツモトさん
　理解しがたい未来。

それへのぼんやりした胸騒ぎが、しばらく前から俺の中に、おそらくはあった。ついにそれが、俺の前にも姿を現わした。

いやわからない。全然そういうことじゃないかもしれないが。

〈物騒〉の反対は、なんて言うのがいいんだろうか？

〈平穏〉とかそういうんじゃないんだ、俺が今探している言葉は。

どう言えばいいんだろう。

子供のころ俺のおやじもおふくろも、どっちもそうだったが、ニュース見てるときなんかに、最近物騒な出来事が多いよって、あれはほとんど口癖の域に達してた、そうやってぼやいてたもんだった。俺はそれ聞いて子ども心に、パパもママも最近物騒な出来事が多いよっていつも言ってるな、〈いつも〉物騒なんだったらそれ〈最近〉って付けなくてよくないいんじゃないのかな？　と思ったりしてた。

今じゃ当時の親の年齢もとうに俺は超えたわけだが、俺がそれじゃあ、最近物騒な出来事が多いよと言ってるか？　全然言ってない。でもそれは当然で、だって実際今は物騒じゃないんだからちっとも。

そう、物騒じゃない。でもだったら平穏なのか？

いや、俺はそうは思わない。〈平穏〉というのとはこれは違う。断じて。

じゃあなんて言うのがいいのか？　俺には上手い言葉が見つからないんだよ。

〈珍妙〉。〈珍妙〉は、そこそこ近いかもしれない。しっかり的を射ているとは言えないにしても。

〈物騒〉の反対は、〈珍妙〉。ある意味では、確かにそうだ。

俺は〈物騒〉は必ずしも悪い言葉じゃないと思ってきた。今もそう思ってる。

だってそれは、あってしかるべき緊張が現われるべくして現われているというだけのことに過ぎないかもしれないんだから。

俺が今彼らに感じているものは緊張だろうか？　いやたぶん違う。彼らを〈物騒〉と思っているか？　いや思ってない。

俺は彼らを、〈珍妙〉と思っている。

これまで俺にとってぼんやりした胸騒ぎでしかなかった〈珍妙〉が、形を持って今俺の前にいる。俺の店の中にいる。

モンステラが歌い始める。［注：初演ではジャニス・ジョップリン“Maybe”の英語のオリジナル歌詞を参考にしたドイツ語歌詞のものが歌われた。］歌が終わる。拍手。

ヘデラ・ヘリックス
歌詞も大事な要素ではあるけど歌ってのは言わずもがなのことだけど音楽でもあるわけだから、歌詞のこと云々してるだけじゃどうしても不十分だよね、歌が何をどうやって〈ヒトという種〉に作用させてるのかっていうのは音楽の側の視点からも見ていかないといけないよね、っていうのがやっぱりあると思ってて。

ガジュマル
音楽って〈ヒトという種〉の、なんかここってたぶん原初的な部分だよな、みたいな部分に作用してくる的な一般的な言説ってわりとあると思うんだけどそれの真偽っていうのが自分にはあんまり定かじゃないなっていう感じがしてて、そういう自分の中の原始性に触れるみたいな感じってたとえば今モンステラの内部でも発生したのかな？

モンステラ
たとえば今ガジュマルが言ったことの一例って身体を動かしたくなる〈衝動〉が訪れるみたいなことだと思うんだけど、

ガジュマル
そうだね、自分もまさにそのことを念頭において今しゃべってたけど。

モンステラ
そういう〈衝動〉を音楽から〈ヒトという種〉は与えられるものなんだなっていう感覚の体験をする的なことは今ちょっとできたかなという感じではあるかな。

ガジュマル
実際今身体を動かしてたよね。〈衝動〉がやってきてたってことだったの？　すごいねだとしたら。

モンステラ
いや、そこまで未知の領域に一気に行けたわけじゃもちろんないんだけど、でも、さっきので得たかすかな感覚がもしもっと増幅されたとしたらその場合そういうことは起こるかもしれないっていうのは割とイメージできたから、そのイメージを基にあとは想像で、動きを出力してみたって感じだったんだけどね。

ヘデラ・ヘリックス

聴いてる自分らサイドとしても、その〈衝動〉っていうやつは、すごく微量にだったけれども、喩《たと》えると、星で言うと五等星六等星みたいなのを肉眼で捉えられるか、みたいなレベルでだったけれども、あったかもしれない。

アンスリウム

五等星六等星の喩えは、しっくりくるな。これはそれとは別の、自分なりの喩え方になるけど、だからかえって通じないかもしれないんだけど、食べ物の喩えになるんだけれども、肉の料理を目にしたときに、正直な話、かすかな〈何か〉を感じるなっていうのが自分にはあって、その〈何か〉がいわゆる〈衝動〉っていうやつなのかなというういう理解で自分はいるんだけど。や、それが正しいかどうかはわからないけどね。

モンステラ
今の肉の料理の喩えもしっくりきたよ。まさにそういう感じだったよね。ということはつまり、さっき複数人の中で同じ種類の〈衝動〉が同時に生起したんだと言えるのかもしれない。

ヘデラ・ヘリックス
つまり自分らに〈レゾナンス〉が起こったっていうこと？

ガジュマル
自分はそういうものをなにか感じたとは、言い難いな、残念ながら。捉え損なったのかな。あるいは単に自分の感受性が鈍いのかもしれない。

アンスリウム、ヘデラ・ヘリックス
（別に揃って言わなくていいけど）そんなことないよ！

ガジュマル
自分のことはともかくとして、今問題にしている〈レゾナンス〉という現象がほんとうに起こったと仮定して、でもその、音楽が〈ヒトという種〉が〈レゾナンス〉するためのハブとして機能するっていうそのメカニズムが、さっぱりよくわからないんだよな。

ヘデラ・ヘリックス

〈レゾナンス〉っていうけどそのときは果たして何が〈レゾナンス〉してると言えるんだろうか？

（「ノー・セックス」了）

Doughnuts

ドーナ（ッ）ツ

登場人物

イワモトさん　カンファレンス参加者
オオジマさん　カンファレンス参加者
フナボリさん　カンファレンス参加者
モリシタさん　カンファレンス参加者
ササヅカさん　カンファレンス参加者
キミドリさん　ホテルのフロント係
クマさん

［開業まもないホテルのフロント階のロビー。ソファや椅子やローテーブル。五人のカンファレンス参加者たちがいる。］

ササヅカさん

（スマートフォンの画面を見ていて）〈クマが出没、スーパーの中へ。お目当ては肉？　野菜？　それともハチミツ？〉っていういかにもパーヴュー稼ぎたいんだろうなという意図透け透けですけど、オモシロニュース風の見出しの付けられ方してる記事がここに出てるんですけど、まあ、それをわたしもこうして読んでるわけなのでその狙いにまんまと釣られてるわけなんですけど——でもこういう、クマもそうですけどあとはイノシシとかが人里に出没して、それでヒトが襲われたとか、車にすごい勢いで突進してきたとかいう類いのニュース、最近多くないですか？　スーパーに入ったっていうのはさすがに初めて聞きましたけど。

オオジマさん

なんか、今のそのニュース聞いて感じたのは、というかそれを聞いた自分に対して改めて感じたのは、またクマか、あっそう、みたいなある種の免疫がすでについてしまっているのかなあというか麻痺してしまっているのかなあというか、その手の話を聞いても正直それほど驚かなくなってる自分がいるなあというのは、これは良くも悪くもというか、でもササヅカさん言った通り、それこそクマみたいな野生の存在の行動のテリトリーがヒトの住んでるところにまで及んできているみたいなのはもう特に珍しくないっていうのが現代の現状なんですよね、というのは確かですよね。

フナボリさん

まあ、でもそのニュース聞いたら誰だってやっぱり、スーパーの中でクマが買い物カゴをカートに乗せたのを押しながら売り場あちこちキョロキョロ物色してまわってあれこれカゴに入れて、という情景が頭の中で思い浮かんできちゃうんじゃないですかね、わたしだってここだけの話、これはそういう牧歌的なほっこりニュースというわけじゃなくて、すごく危険なシリアスな状況を報道してるというのはじゅうぶんにわかっていますけど、そのうえでどうしても、お会計済ませて買った物詰め込んだ自前のバッグ提げたクマさんが店を出て山に帰っていく、その後ろ姿、みたいな絵ヅラをつい思い描いちゃうのは、禁じ得ないですよね。

キミドリさん

（やって来て）あの、今状況確認してきたところ、タクシーが通常ですと基本いつも下の車止めのところに数台停まって待ってるんですよ、と言っても下に一台もいないということもそこまで稀《まれ》ということでもなくあるにはあるんですよ。で、確認してみたところ今もちょうどそういう状況だったんですよ。だからよろしければ今からタクシーお呼びします一台。みなさんが五名さまなので五名さま一度に全員乗れるようなワゴンタイプがいいでしょうかね。

イワモトさん

そうですね、まあ別に二台にわかれて乗るのでも特に構わないんですけれど、でもどっちかといったらワゴンタイプだと、そのほうがありがたいですかね、ありがとうございます、それですいませんひとつ気になったのは、今からタクシー呼ぶのお願いするとすると時間的にどのくらい待ってればここまで来てもらえますかね。

キミドリさん

今からですと通常ですと呼んでから、そうですねまあおそらく七、八分程度で来るんじゃないですかね。

イワモトさん

あ、じゃあそのくらいでしたら全然われわれカンファレンスには余裕で間に合うので問題ないですので、お願いしてもらっていいですか。

キミドリさん

あ、でもひとつ。あの、タクシー五人一度に乗れるワゴンタイプ指定して呼ぶと通常の料金とは別の車種指名料っていうのが余計にちょっとかかるんですけど、一応確認なんですけどそれは大丈夫ですかね。

モリシタさん

全然それは大丈夫です、というのも結局われわれカンファレンスの事務局サイドから事前にタクシーチケット支給してもらっているので自腹というわけじゃないですからということですけど。

キミドリさん

承知しました、ではタクシー一台、ワゴンタイプ指定で、タクシーチケットご利用ということで、お呼びしてみますので、お待ちくださいね。（そこを立ち去る）

フナボリさん

ここのホテルの朝食食べました？　おいしくなかったです？　ていうかヨーグルト食べました？　ヨーグルトこのホテルのは自家製だって書いてあったの見ました？　その自家製って単語見たせいで影響受けただけかもしれない可能性は否めないですけどあのヨーグルト心《こころ》なしかまろやかというか、酸味とか口当たりが相当絶妙なところ突いてるんじゃないかなと思ったんですけど、イワモトさん的には特にそんなことなかったです？

イワモトさん

いや別にそんなことないですよ、確かにおいしかったですよ、というのはヨーグルトも食べましたし朝食全般的にという意味でもおいしかったと思いますけどっていうことですけど、でも最近の新しいホテルってわりとどこもこのくらい朝食にちゃんと力入れてておいしいところ多いなっていう印象がわたしはあるんですけど、そういう印象ってないですか？　だからわたしのその印象で言えば、ここもまあそういうよくある、と言っちゃうと厭味っぽくなっちゃうかもしれないですけどそういう意図はないんですけど、なんというか、そういう最近の傾向をここもそういう押さえるべきところはしっかり押さえてるなっていう感じだなという印象というか、つまりまあ言ってしまうとわたし的には特にその域を出るほどの特別なものだというふうに正直感じられなかったというか、というのはちょっとハーシュすぎる言い方かもしれないですけど。

モリシタさん

イワモトさんがおっしゃったのとおんなじ印象はわたしにもあって。わたしも実際最近できたホテル泊まらせてもらう、そこの朝食食べさせてもらう、すると大体十中八九ほんとおいしいなって思ってて。近年はとみにというか。ただし、なんですけれども、その一方でまたこれも事実としてあるのが、そういう開業まもないホテルが開業して二年三年と経つにつれて次第に朝食のグレードが、残念ながら下降線を辿るというか、まあ実情としてどうしても落とさざるを得なくなるっていうことがあるんだと思うんですけど、コスト的に原価率とかそういうのがキツくなってくるとか、そういうことだと思うんですけど、当初の地元の有機野菜使ってますみたいなハイクオリティ路線からどこで仕入れた野菜かというのはいつのまにか言わなくなってしれっと原価率下げた現実路線に変更みたいのもよくある話で、実際わたしこれまでにそういういきさつに行き当たって残念な気持ちになったたっていうことすでに何度か経験してて。

オオジマさん

最近こういうホテル増えてるなあという印象ないですか？　こういう、って要するにこういうフロントとかロビーとかのある階が地上階とかじゃなくて、こういう――ここって今何階でしたっけか、二十二階でしたっけか、とにかく高層の階にあるという、それで泊まる部屋があるのがフロントの階より下っていう造りになってる、だから外から部屋に行くのにはいったんフロントのある階まで上がんなきゃいけない、そこからエレベーターを部屋の各階と繋がってる別のに乗り換えて、それで部屋まで降りて行かないといけないという構造になってるホテルですけど、これが新しいホテルの造りのスタイルの流行というか傾向なんでしょうかね、ここ二、三年のことじゃないかと思うんですけどこうやってカンファレンスのときなんかに手配してもらえるホテルがこういう造りのホテルだなということがちょいちょいあるようになって来てるなという印象なんですよね。

ササヅカさん
　確かにそうやって言われてみると去年のカンファレンスは大阪だったじゃないですか、イワモトさんも参加されてたと思うんですけど、モリシタさんも参加されてたんじゃないですか、あの時確か一度ランチご一緒しましたよね、でもあとのみなさんもほとんどの方は参加されてたはずだと思うんですけど、そう、何が言いたかったかというと、そのとき手配してもらってたホテルも今のこのホテルと構造的にほとんど瓜二つみたいな感じだったじゃないですか。あそこもできたばかりできれいなホテルだったじゃないですか、朝食もおいしかったし。今朝のここのもおいしかったですけどね。

イワモトさん

そうなんですよね、いや、そうなんですよねっていうのはこのカンファレンス関係で宿泊しているのが二年連続こういう構造のホテルだってことに対してのそうなんですよねですけど、なんなんでしょうねホテルの構造をこういう構造にするっていうトレンドのその意図というか利点っていうのは、理由は要するにセキュリティ的なものなんですかね、それともただのこういうのが今はオシャレ、みたいな理由で生まれてる流れなんでしょうかね。

モリシタさん

このフロントの階って二十二階でしたっけ？　二十一階じゃなかったでしたっけ？　まあ、こんなふうに高いとこにフロントが置かれてるとそういうことわかんなくなっちゃいますよね。何階でしたっけかね。（窓の外を見に行く）まあ、別に外を見てみたところでこれが二十二階からのビューなのか二十一階からのなのかの区別がつくというわけではないんですけど――ていうか今日霧がすごいですね。この高さからだと向こうにある海も辛うじて海岸部分は見えますけど水平線のほうはすっかりもやがかかっちゃってますね、ここ、晴れてたらさぞね、いい眺めなんでしょうけど。

オオジマさん

去年の大阪のカンファレンスはちょうどわたしもうひとつの別のカンファレンスとそのときかぶってて、そっちに参加しなきゃいけなかったので参加できなくてという事情があって大阪のホテルのことのほうは知らないんですけれどもでもそのもうひとつのカンファレンスの、広島だったかな岡山だったかな、そこのホテルもそのとき初めて泊まらせてもらったホテルだったですけど、今思いだしたんですけどそう言えばこういう構造のホテルでしたね、そのときもこれはやらかしてたことだし、でもついさっき部屋からここに来るのにエレベーター乗ろうとしたときもやらかしたばかりのことですけどエレベーター呼ぶとき押すボタンをつい下に降りるほうのボタン押してしまうんですよね、でもたぶんみなさんもそれやっちゃうんじゃないですか？　やっちゃわないですか？

ササヅカさん

やっちゃいますよねもちろん、わたしなんかこれまでの習性しみついてるからエレベーター乗ってからもフロント階のボタン探すのについ、階のボタンの並びの下のほう探してしまっていくら探しても見つからない、それで停まりたい階のボタン見つからない時って焦ってるのかなんなのかわかんないですけどなんでもいいからどこかの階のボタン適当に押そうとしちゃわないですか？　そうすると〈その階に停まる権限はありません〉ってエレベーターの音声にビシッと言われて、その一言に一瞬ビクッと萎縮しちゃってそんな自分に情けない気持ちになってというのをこれまで何度、大阪も含めて性懲《しょうこ》りもなく繰り返してることか。自分の学習能力に対する自信を喪失しかけますよね。

フナボリさん

（スマートフォンの画面を見ていて）霧はこのへんだけじゃないみたいですね、かなり広範囲に濃霧だっていう全国レベルのニュースになってるの、見ました？　視界不良で飛行機が結構な便数欠航っていう、これ今、交通網大混乱ですね、たいへんだわ。われわれカンファレンスの日程が今日からでラッキーだったんじゃないですか？　もし一日遅くて移動日が今日だったらわれわれもこれに巻き込まれてたかと思うとね、でも、これはまあ当たり前のことながら、向こうのほうが見えないっていうことは、これがはたしてどこまでひろがってるのかもここから見てもわかんないな。

モリシタさん

でも、今日の早朝の飛行機でこっちに移動っていう予定立ててたヒトもきっとカンファレンス参加者の中にいたんじゃないかな少なからず、と思うんですよねいかんせん多忙なヒトが多いので、というかわたしたちにしてもそうですけどね基本的にしじゅうあっちこっち飛び回ってスケジュールぱつぱつじゃないですか。前日入りできたほうがもちろん楽だし、それにこういうふうに何かあったときのためにも確実ですしね前日のうちに入っておいたほうが、というのだってもちろんわかってるけど、それでもどうしても当日入りしかできないってことも、よくあるじゃないですか。

イワモトさん

それこそ、今日の最初に基調講演やることになってるジンボさんいるじゃないですか、あのヒトなんかまさにどこからどう見たってめちゃめちゃ忙しそうじゃないですか、それこそ今日の朝イチで移動してくる予定になってたりしてるんじゃないですかね。あのヒトいつ見てもなんかしらのメディアになんかしら寄稿なりコメンテーターなりで露出してるの目にしない日が特に最近はまったくないと言っていいくらいじゃないですか、あれだけ引っ張りだこだと前日入りの余裕ないんじゃないですかね実際このホテルで見てないですよね朝食会場でも。ちゃんと来れてるんですかね、まさか来れてなくて基調講演予定通りやれないなんてことになったら、カンファレンス的には一大事ですよね。

オオジマさん

ジンボさんなんかまさにその典型ですけど、何人か分身が存在してるんじゃないかとしか思えないような超人的仕事量こなしてるように見えるヒトに限ってむしろ毎日のスポーツジム通いを欠かしませんとか、家族との団らん、友人たちとの気の置けないひとときも抜かりなく楽しんでますみたいなイメージがあったりするじゃないですか、というかそういうセルフイメージ打ち出してくるヒトが多くないですかってことですけど、そういうのに対して、わたし個人は全然素直にリスペクトできるんですけど、でもヒトによってはそれが俺さまの日々の充実ぶりはこんなに高い濃度だぜ自慢に映るっていうことが、それはたぶん確実に起こってて、それでそのことがもたらす帰結というか、もっと言えばマイナスの影響っていうのもまた確実にあって、それについても将来的にはカンファレンスのテーマのひとつに取り上げることができるものというか取り上げるべきものなんじゃないかというのは、実は思ってるんですよね。

キミドリさん

（戻ってきていて）あの、タクシーの件なんですけれども、今日はタクシーがまだ下の車止めのところに一向に来ないんですよ、でもこういうことって滅多になくて、というかここでわたし勤務してきてこれまでこういう事態に直面したこと一度もなかったんですよね、どうしてそんなことになってるのかなと思って。それで、もちろん確実にそれが原因だと断定できる証拠が揃ってるのかと言われるとそういうわけではないからそういう意味ではわからないんですが、実は今霧が外はすごいんですよ、なので、その原因はやっぱり霧と関係してるんだろうなと考えるのが自然じゃないかなというのが現時点での予想です。

モリシタさん

確かに、外の霧がすごいというのはわたしもさっきそこから見ましたし、ニュースになってるのもチェックしましたしね、あれだけの深さの霧だとタクシーが来ない原因はあの霧かもしれない可能性があるというのは、そうかもしれないですよね、ただ、われわれにとってタクシーが来ない原因が特定されるということは、そこまで重要なのかというとあんまりそういうことはなくて、大事なのは現実問題タクシーが来てさえくれればいいんで、つまり来るかどうかということのほうが知りたい情報なんですよね。

キミドリさん

その件なんですけど、タクシーが実は、どういうわけでなのか不明なんですけど、営業所に電話しても一向に通じなくて、それがはたして向こうの電話口のところにヒトがいないからなのか、そしてそれはなんらかの理由で先方が今バタバタしてるのか、そしてそのなんらかの理由というのが霧が原因のなんらかの不測の事態が生じた、その対応に追われてテンパってるということなのか、あるいは電話がそもそも回線が通じてなくてこちらの電話を向こうが着信じたいできてないのか、正直、状況がいまいち把握できないんですよね、いまいちというか、まったくというか。何度かかけてみたんですけど、とにかく出てもらえないんですよね。うん、どうしましょうか？

イワモトさん

ほんと、どうしましょうかね。でもまあ、どうにかなるでしょうけどね、というか、どうにかするしかないんですけれども。今日はもうあれでしょうかね、タクシーがもうちょっと待ってれば来てくれるだろうみたいな希望的観測でいるのは潔くあきらめたほうが賢明な感じでしょうかね？　別にわれわれとしては会場まで向かう他の行き方さえあるのであれば特にタクシーでなくても、なんでも構わないんですけれども――あ、でもひとつ思ったんですけど、タクシーの会社に電話が通じないってことでしたけど、でも呼ぶとここに来てくれるタクシーの会社がひとつだけしかないってことはないですよね、複数ありますよね、他のところに聞いてみるってことはできないいんですかね？

キミドリさん

もちろんできますよ、ただその場合だと、業者ごとにどうしてもスペックの差というのがあって、さっきはワゴンタイプの車種もちゃんと多く揃えてるはずのところと連絡とろうとしてたんですね、それがそうでない別の業者だとワゴンタイプでお願いしたいこちら側の希望には添ってもらえないかもしれなくて、それでよければ聞いてみますし、あとタクシーチケットもですよね、業者によってはチケットの発行元によってこっちだとオッケーだけどこっちは受け付けてくれないとかあっていろいろめんどくさいんですよ、だからお手持ちの支給されたタクシーチケットが使えないかもしれなくて、そういう業者でもいいということだったら呼びますよそういう業者。

モリシタさん

業者はもうどんな業者でもいいですよ、というとちょっと破れかぶれに聞こえるかもしれないですけどそういうわけでも特になくて、呼んでもらえると助かりますよね、というかさっきは別に、われわれはタクシーにはタクシーチケットでしか乗りませんとか言ったつもりではなくて、もしかしたらそういうふうな受け取られ方されるような言い方をわたしがしちゃってたのかもしれないですが、だとしたらそれは誤解で、それは車種だって同じで、別に一度に乗れるやつだろうが二台に分乗するのだろうがどちらだってそんなのは構わないんですよね、ここまでタクシーに来てもらえてそのままカンファレンス会場まで運んでもらえるんだったら。

キミドリさん

承知しました、でももともと連絡とろうとしてた業者と連絡ついてないのもなんかしら霧関係のことがおそらくは原因なんだろうと思うんですよね、もしそうなんだとしたら、そこに関しては置かれてる状況は他の業者だって同じなわけなので、だとしたら他の業者だったら連絡がつくだろう、というふうにはやっぱり考えづらいんじゃないでしょうかね、ですからもちろんとりあえず連絡はとってみますけど、そんなに期待しないでおいてくれていたほうがいいかもしれないですということは前もってこうやって言っておきますね。（そこを立ち去る）

ササヅカさん

（スマートフォンの画面を見ていて）会場まで行くのに便利そうなバスの路線があるのが見つかった

んですけど。このホテルの建物と直結してるバスセンターがあるじゃないですか、空港からここまで来るのにリムジンバス使ったヒトはわかると思うんですけどバスがそこに停まったから、そのバスセンターから出てるバスでちょうどコンベンションセンター前経由するルートのやつが三系統くらいあるみたいで、時刻表見てると、二十分間隔くらいで三つのうちのどれかひとつが出てるみたいだから、これに乗るのいいんじゃないかなと思いましたけどねタクシーじゃなくても。

オオジマさん
その、バスセンターとホテルとが直結してるのがいかに快適かに関してはもう、飛行機最終便で来て夜遅かったのと移動が原因の疲労困憊していた身からするとほんと身にしみて最高で、なにが最高って結局スーツケース引いて徒歩で移動しないといけない距離が短くて済めば済むほどありがたいわけですよね、その点このホテル、バス降りてからチェックインして部屋に入るまで、水平方向の移動に関してはもうこれ以上は短縮は無理じゃないかというくらい極限まで近いですよね。もっともね、垂直方向の移動のほうはエレベーターでいっかいフロントまで上がってから部屋のある階までまた降りてっていう多少回りくどいルートを辿らされるんですけど。

フナボリさん

この手のホテルの構造——外から入ってきたらいったんこういう高層階のフロントまで上がってきて、それからエレベーター乗り換えて部屋の階まで降りて行かないといけないという造りになってるのが、さっきイワモトさんはそれがセキュリティ目的とファッション的理由とどっちの意図なんだろうかっておっしゃってましたけど、わたしはそれはそういう二者択一というよりかは、その両方というか、むしろそのふたつは不可分なコインの表裏ということじゃないでしょうかね、つまり、それによってエクスクルーシヴ感が演出されているわけですよね、そのエクスクルーシヴ感はホテルに宿泊する客にとってはちょっとした優越感をもたらす一方で、そうじゃないヒトたちにとっては、自分はここにアクセスする資格はないんだなみたいな気分を与えるものとして作用して、それが結果的に、ホテルの宿泊客にとっての一種の、ある程度は実際的なセキュリティ効果を持つということになってるんじゃないですかね。

モリシタさん

ここのエレベーターって、それもわたしはエクスクルーシヴ感の醸し出しに一役買ってるさりげない、というかあざといとも言える演出の一環だと思うんですけど、みなさんもすでにお気づきになってるんじゃないかと思いますけど、ごくごくほのかにいい香りがしてましたよね。エレベーターといってもここと部屋の各階をつなぐほうのエレベーターじゃなくて、外からの地上階とこのフロント階とのあいだを往き来するほうのエレベーターですけど、おそらくレモングラスの、もしくはいろいろな香りが微妙にブレンドされていたのかもしれないですけど、仮にそうだとしてもそのブレンドの中のひとつはレモングラスだったんじゃないかと思いますけど、いずれにしても上品な香りでみなさんをこれからグレードの高い空間へとお連れしますよ的な狙いが、エレベーターの中からすでに施されている。

イワモトさん
より正確に言うならあの中にはプラス、サンダルウッドもブレンドされてたように記憶してますけどね、いずれにしてもあの香りがレモングラスが含まれていたというのはその通りだと思いますね、ただ、香りの演出が実際に施されてる場所はおそらくはエレベーターの中じゃなくて、このホテル、地上階からここにくるためのエレベーターの、地上階の乗り場のところってそれ専用の小さい空間になってるじゃないですか、あそこに香りを出すためのディフューザーが仕込まれてるんですよね。もちろんそこでディフューズされた香りはエレベーターの中でも一種の移り香の効果としてある程度は香る、もちろんそのことも計算ずくの狙いで設計されているというのは間違いないですけどね。

オオジマさん

心身ともに疲れていたからだろうと思いたいですけど、そういうことを認識するためのキャパシティが残ってなかったのかもしれないですよね、きのうはエレベーターのことで乗ってるあいだに気がついたのは、これ最近できた新しいエレベーターにしては珍しくモニター画面がないなという、つまりそのことにポジティヴな印象を持ったということですけれども、エレベーターの中での時間を広告を見せられたりしながら過ごさなくて済むのが無意味な刺激がやってこなくていいなというのはなんとなく思ってましたけど、でもエレベーター乗り場のところでそういういい匂いがしてたというのは、全然気が付いていなかったですね——今、ちょっと行って確かめてみるくらいの時間、ありますかね？　まあ、別にそんなに今慌てて行く必要はないんですけどね、いずれみんなで下に行くわけですから、そのときでも。

ササヅカさん

あの、結局今わたしたちってこれまだタクシーがというかタクシーの状況がどうなってるかを、ホテルのヒトが見に行ってくれたのを、戻ってくるまで結果待ちしてる状態という認識でいいんですよね？　もしそうだとすると、時間的余裕がそろそろちょっと心配になってきたんじゃないですかね。それであの、わたしさっき、カンファレンス会場まで行くのには何もタクシーでなくても、せっかくここはバスセンターと直結なんだし、バスという選択肢もアリだと思いますけどという提案をしたと思うんですけど、ただしそれへの反応がどうしてかとても薄かったですけど、でも、よかったらわたし下のバスセンター今から見に行ってバスの運行状況、遅延が生じたりしてるかしてないかを見てきますので。それでバスが大丈夫そうだったらバスで行くことにするほうがいいんじゃないかという気がしてきてるところなんですが個人的には。

イワモトさん

わたしは、今のササヅカさんがおっしゃってたのを聞いてる途中までは、いや、おっしゃる通りもちろんバスで行くのだって別に全然いいじゃないですか、とはいえですよ、今はホテルのヒトがせっかくああやって見に行ってくれているところなので、やっぱりこれは何かしらの報告を持って戻ってきてくれるまでは待ってたほうがいいんじゃないですかね、というふうに思ってたんですよね、そしてそういうふうに言おうともしてたんですよね。それをハタとね、あのホテルのヒトがいつになったら戻ってくるかに関しては確実なことはなにもないんだなと気がついたんですよね。そうなんですよ、だからこうやってホテルのヒトを頼りにして待ってるというままではたして良いのかというのは、タクシー以外のプランBというのもそれなりに本格的に検討をはじめるほうがいいんじゃないか、というのはササヅカさんのおっしゃるとおりかもしれないと、わたしも思いはじめています。（しかし動揺した様子はまるでない）

モリシタさん
（スマートフォンの画面を見ていて）さっきササヅカさんがおっしゃってたクマがスーパーにってニュースって、今わかってちょっと驚いてるんですけど現在進行中の話なんですね。〈買い物客、従業員は全員無事に店の外へと避難したと見られる。その無人の店内を、クマは依然として徘徊している模様。地元の猟師に対応を依頼する可能性も。〉って書いてあるその「対応」ってのは、猟師が駆り出されるってことは猟銃で撃とうとしてるっていうことなんでしょうかね。なにも別に殺さなくたって、麻酔銃とかでいいんじゃないかという気もしますけど、そういうわけにもいかないんですかね。まあ、麻酔銃で撃つっていうことは撃ったあとで山まで運んでいかなきゃいけないってことで、そもそもどうやって巨体を運んでいくのかという問題ひとつ取っても手間とコストのかかる話なのかもしれなくて、そういうふうに考えていくと現実的じゃないのかも知れないですけど。

オオジマさん
今モリシタさんがおっしゃった、事態を平和的に解決できたらというのは、まあ、確かにそうできたら何よりですけれども、でもそういった言うなれば〈領域侵犯〉というこれは案件ですよね、が実際に起きてしまったあととなってはもうそんな悠長なこと言ってられなくなっちゃうのはしかたないですよね。そうなっちゃったら実力行使という手段もやっぱりやむを得ないですよ。だからそうなっちゃってからでは手遅れで、問題の所在はそもそもは、以前は両方のテリトリーのあいだにしかるべき距離というかじゅうぶんな緩衝帯が存在していて、それが結果的にヒトとかれらとの不要な、そして不幸な接触が起こるのを未然に防いでいたのが、いまやふたつの境域がせめぎあってしまっているということじゃないですか。その結果、ヒトとかれらとの緊張が常態化して、かれらがヒトに撃たれたり、ヒトがかれらに襲われたり、といったことがそうやって頻発しているというね。

フナボリさん

そう言えば、先ほどオオジマさんがおっしゃってたことあったじゃないですか、先ほど、と言っても直近におっしゃってたことではなくそれよりもいくつか前の、ですけどね、つまり、ジンボさんみたいな存在が自分はただ仕事で忙殺されているだけじゃないですよ、ちゃんとプライベートだって充実させていますよ、的なイメージを積極的に発信していく、そのことがマイナスの影響をもたらすという側面も持ってるんじゃないかと、そしてその側面はわれわれのカンファレンスで議題のひとつとして取り上げるべきものなんじゃないかと、こういうことをおっしゃってたと思うんですけど、それについてもう少しちゃんと理解したいとさっきから思ってたんですよね、それでまず確認したいのは、そのマイナスの影響っていうときのマイナスって誰にとってのマイナスですか？

オオジマさん
それは当然、マイナスというのはジンボさんにとってのマイナスだという意味で言ったわけではわたしとしてはもちろんなくて、では誰にとってのマイナスかといえば、それはそういうジンボさんみたいなセレブリティ、と言ってしまって差し支えないと思いますけど、なヒトが日々の暮らしの充実振りを発信しているというのを目にしたときに、これはどうしても自分の生活はそんなふうにイケてないし自分はがんばれてないし、というので落ち込むというかネガティヴな感情が芽生えてきてしまう、というヒトがいると思うんですよ、そしてそういうヒトの数は案外少なくないはずだとも思うので、つまりはそういったようなヒトたちに対して与える影響にマイナスのものがあるだろうなということだったんですよね。

フナボリさん
なるほど、ということは、こういう理解で合ってますかね——さっきおっしゃってたカンファレンスの議題にしたほうがいいことというのはつまりは、ジンボさんのようなカリスマというか、出来のいい、時間だって無駄にしませんしどこから見ても非の打ち所がありません、というヒトが発するメッセージがそうではないヒト、それを非の打ち所のあるヒトと言うのは語弊があるかもしれないですけどとにかくそういうヒトたちの態度を自らのことを貶《おとし》めるような感じのものにさせてしまうというか、そうですかそうですかそれは大したものですねーさすが偉いですねー、それに引き替えわたしなんてどうせそんなふうに時間を有効活用なんかできない意志薄弱のダメ人間ですよ、というような感じにしてしまうのではないかという問題、それはわれわれの関わるカンファレンスが取り扱う問題系の一部であると言えるんじゃないか、ということですかね。

キミドリさん

（戻ってきていて）あの、さっきからみなさんがカンファレンスカンファレンス言ってるカンファレンスっていうのは、どういったカンファレンスなんですか？

モリシタさん

どんなカンファレンスかというのは、そうですね、それを、おそらくご希望なのは専門的な言葉はできるだけ使わずに、簡潔にわかりやすく説明してほしいということなんだろうと推測するんですけれども、そうは言ってもまさにその、簡潔にわかりやすく、というのが最も難しいんですけれども、でもまあ、難しいんですということをこうしてあらかじめお断りしておいたうえで一応、概要的なところことだけでもお話しすると、わたしたちのカンファレンスというのは、そもそもの共通認識として、この世界が現状とてもいろいろな意味でたいへんに大きな変化の時を迎えている、というのがあります。そしてその共通認識を前提として、この世界のさまざまな事象に関して、それはどんな事象であっても構わないんですけれども、それらに関して総合的に俯瞰的に分析したり、といったことを通してこの世界の現状により的確に、かつより有効に対応するための新しいパースペクティヴの獲得を目指す、とでも言えばいいでしょうか。まあ、射程が大きいあまりつかみ所がないようにも現時点では聞こえてしまうかもしれないんですが。歴史もまだまだ浅いので、成果が目に見えてくるようになるのはだいぶ先のことになるとは思いますけれども。はい、そういうカンファレンスですね。

イワモトさん

うん、今の説明だけではちょっとわかりづらいかもしれないですのでわたしなりに補足しますと、世界が現在立たされている局面というのは非常に予断を許さない、ある意味では非常におもしろいと言えるわけですよね。もちろんこの、おもしろい、という言い方は、よく言えば客観的、なんですがまるで他人事のような言い方でもある、その意味でそこに問題がないわけではないのですが、いずれにしても世界の現状は盤石《ばんじゃく》というわけではないのは確かなわけで、そして、ここからがポイントなんですが、というのは、尤《もっと》もこれまでだって世界は決して盤石というのではなかったわけです、そんなことは歴史上いっときだってなかったでしょうからね、ただしその盤石でなさの度合いが現在においてほど高まったことはこれまで一度もなかったんじゃないか、というのは直感的なレベルにおいても感じることがあるんじゃないかと思います。そのような未曾有《みぞう》の事態にわたしたちは直面しているというのが、わたしたちの認識なんですね。そしてその認識それ自体が実はいちばん重要なんですよね、わたしたちのカンファレンスにおいては。

キミドリさん
　あの、かなりここの近くでらしいんですけど、なんでも、車の、かなり何台もの玉突き事故が起きたみたいなんですよね、それも、いくつかの箇所で起きてるらしいという話もあって、ただしその、いくつかの箇所で起きてるというのについてはほんとうかどうかまだ確かなことは言えないみたいなんですけれども、というのは、まあ、その事故の原因自体ももちろんきっとそれなんでしょうけども、霧ね、霧でとにかく見えないということで。だからいくつか玉突き事故の報告のあがってきているのが、それぞれがほんとうに別の事故なのかもしれないですけれどももしかすると同じ事故を、たとえばなんなんですかね、その事故の起きてる場所がどこかというのを、ちょっとずつずれて把握してしまっているとか、そういう理由なんでしょうか、わたしはよくわからないですけれどもとにかく別々の事故であるかのようにそれぞれの報告が報告してしまっている可能性は否定できないということで、ただ、結構大規模な玉突き事故が少なくとも一つは起きたというのは確かみたいです。というわけで道路網、交通網、現在の状況はだいぶ混乱してきてしまってるみたいなんですよね。うん、どうしましょうか？

ササヅカさん

そういうことだとするともはやタクシーが来ないんだったらバスに乗ればいいのにみたいな話ではない感じですよね。カンファレンスの今日の開催自体が危ういっていうところまで行ってる可能性がある感じですよね。というか今気付いたんですけど、もしわたしたちが運よくタクシーが捕まえられていてすでに出発してたり、バスに乗ったりしてたら、下手したらその事故に巻き込まれてたかもしれないですよね、そうならないで済んだのは運が良かったのかもしれないですよね——実際巻き込まれたヒトたちって、今のこの霧の中にいる状態で周囲がどのくらい見えるのかとかがわからないですけど、視界が完全に真っ白で何も見えない状態だとしたら、簡単に乗ってた車なりバスなりから降りるというわけにもいかないだろうし、今どうしてるんですかね、ずっと車内に残って待ってるんだとしたらそれは相当心細いですよね。

フナボリさん

そちらの状況って今どうなってるんでしょうかっていうのを、カンファレンスの事務局のスタッフの、わたしたちのホテルとか飛行機とかの手配いつもしてくれてるスミヨシさんっているじゃないですか、メールのやりとりだけで実際に会ったことはないですけど、そのヒトにさっき、メールアドレスしか知らないのでメッセンジャーじゃなくてメールしてみたんですけど、返信がまだこないんですよね、まあ、メールしてからまだ何分も経ってないんですけどね、それにもちろんこういった状況なので山ほど対応しなきゃいけないことがあってそれに追われてるのかもしれないというのも想像に難《かた》くないんですけれどもね、でも、それにしたって、現在どういう状態なのかというのの、わたしたちカンファレンス参加者たちへの事務局からのなんらかの連絡が、その時点で伝えられる範囲のことだけでもいいんですから、こっちに対してあったっていいようなものなんですけどね。

イワモトさん

正直な話、いったいどうしたら良いのかもうよくわからんというのは認めざるを得ないですけれども、同時にこれは、ある意味で、わたしたちは今まさに、自分たちがカンファレンスを軸にしつつも常日頃から関心の中心に置いている事柄そのものと言えるような状況の中に置かれているという、なかなかおもしろいことになってるとも言えるんじゃないでしょうかね。つまり、想定外の事態に見舞われていよいよ本格的に困りはじめたわたしたちがここにこうしているわけなんだけれども、そんなわたしたちを当惑させている想定外の出来事というのが起こることの一番の前提条件はそもそも何かといったら、それは言うまでもなく、わたしたちが想定をしているということ自体がそれなわけじゃないですか。想定するゆえに、想定外のことが起こり得る。想定内という囲いをつくるゆえに、その囲いの外側というものが生まれる。今起こっている霧なんかにしたって、それを想定という囲いなんかと無関係に見るのであれば、単にひとつのそういう自然現象があるということに過ぎない。こうしたことはね、わたしたちは過去のカンファレンスの中でも何度となく議論してきていることじゃないですか。そして、これもやはりカンファレンスにおいて繰り返し確認してきていることですけれども、現在の世界における、想定外のことが起こる頻度が異常とも言えるまでに上昇してきているという全般的な傾向に対処する術を探りだそうとするときに、わたしたちの行なう想定というものの確実さの度合いをでき得る限り上げていくんだという努力によってそこに辿り着こうとすることにはおのずと限界があるというか、それは言ってみれば無理な話で、というのもその限界というのは予算の限界だとか技術の限界ということでは本質的にはなくて、本質的にはわたしたち人間という存在にそもそも備わる絶対的な限界だから、これはもうどうしようもないんだと、そういう結論はもうわたしたちのあいだでは出ていると言ってしまって差し支えないわけですよね、それなのに今のわたしたちときたらこの状況にアタフタしはじめたじゃないですか、なんであれば苛立《いらだ》ちはじめてきている。そこにはおそらく、傍《はた》から見たらずいぶんと滑稽な矛盾があるんじゃないでしょうかね。

オオジマさん

今のイワモトさんがおっしゃった、滑稽な矛盾がわたしたちにはあるんじゃないかというのは、言われてみれば確かにそうかもしれないというのは、聞いていて、思うことができたんですが、じゃあ、その滑稽な矛盾の解消のためには具体的にはどうしたらいいのかという部分に関しては、どうなるんでしょうかね。そのためには、イワモトさんのおっしゃってたことからわたしが汲み取った限りの理解で言えば、想定、ということをしていることそれ自体を全面的にわたしたちがやめるべきであるというようなことをおっしゃっていたようにも聞こえたんですけれども、その理解のしかたは合ってますかね？

モリシタさん

今のはわたしはオオジマさんはあくまでも、想定するということ自体を全面的にやめるだなんてことはできるはずがないだろうという前提に立っておっしゃったのかなと思いましたけれども、そしてもちろんそれはそうですよね、そんなことは不可能だとわたしも思いますけれども、でも、さっきイワモトさんがおっしゃってたことは、そういう無理難題をふっかけるようなこととは違うことをおっしゃってたんじゃないかとわたしは理解しましたけれどもね、つまり、イワモトさんはなにも、想定するということをしないべきだと言っていたわけではないんじゃないでしょうかね、想定ということをするにしても、その想定が当たらないということが大いにありえるというあらかじめ心構えを持って想定する、というのが現代という時代においてはこれまで以上に必要とされる心構えじゃないかという、そして、想定していた通りのことにならなかった場合にもだからと言ってさして驚くほどのことにはそれはあたらない、そうなったとしてもジタバタしないでもっと泰然自若という感じでいたほうがいいんじゃないでしょうかということだと、わたしは聞いていて思いましたけれどもね。

フナボリさん

そもそも、滑稽な矛盾、ということをさきほどおっしゃったときのイワモトさんは、別にその矛盾を解消するべきものというふうに見なしていたわけじゃないんじゃないですかね。そのときどこにポイントが置かれていたかというのは、わたしはむしろ、想定するということが不可避的に孕《はら》む問題点があるということをひとまずは認識している状態でいることが大事じゃないだろうかということだったんじゃないかと思ったんですよね、そして、それについてはその通りだなとわたしも思いましたけどね。これは基本的にはモリシタさんがおっしゃったのと同じようなことだと思いますけれども、わたしたちは想定ということは、やっぱりどうしてもしないではいられないんですよね。ただし、その想定の通りになるということを期待できるかというのが、もうどんどんできなくなってきている、そしてそれは、これからさらにできなくなっていくだろう、そういう圧倒的な現実が存在しているんですよね。その現実を受け入れて、自分たちのさまざまな想定がその通りに行くという期待はもう持たない、という基本姿勢を、これからは身に着けていくほうが賢明だろうという、そこがさっきイワモトさんがおっしゃっていたことのポイントだったんじゃないかと思いますけどね。

ササヅカさん

カンファレンスの開始にわたしたちが間に合わないのは、もう完全に確定、という感じになりましたけれども。でも、今のこの、わたしたちのあいだに漂う雰囲気は、まあでも今回のケースの場合しょうがないんじゃないかなカンファレンス自体予定通りに開催されない可能性だって濃厚そうだし、的な感じなんですかね？　──なんか、今の状況はこうです、というのを実際に自分で確かめたという手応えみたいなものが、まだ、わたしはないままというか、だから自分の実感として、そういう状況であるということに対して、まだ、半信半疑というか。──霧が、さっきよりもさらに濃くなって、もう、街の様子は全然わからないですね、飛行機が完全に雲の中にいるときみたいな。いや、雲の中にいるときは雲それ自体の濃淡、そこにある小さな影の部分が見て取れることがあるけれども、この霧は一面、べったりと同じ濃さ、同じ深さで、影ひとつない、真っ白で（しばらく霧を見ている）──今わたしたちは、これは何を見ているのか。これは、わたしたちは今霧を見ている、と言えるのか。ほんとうだったら見えるはずのものが霧によって今は見えない、ということを見ている、と言うほうが、これは的確な気がしますよね。見えないということを見ているわたしたちは、こうして見続けていればほんとうだったら見えているはずのものがいつか見えてくるのではないかということを待ち望んでいるから見ているんですかね？見えないものをいつまでも見ていたってしかたないはずなんですけれども。そんなことしているくらいだったら、わたしたちみんな、たまっている仕事がそれぞれ山ほどあると思うんですよね、だったらそれ、カンファレンスに今日は行かないというのであれば部屋に戻って片付けるという

ことにするほうがずっと、時間の有効的な使い方じゃないですかね。（と言ったくせに、霧を見続けている）

イワモトさん

ササヅカさんのおっしゃったことは、確かにそれは合理的な、すぐれた時間の使い方でしょうね。でも、今のこの時間は一応は、フナボリさんがさっきカンファレンスの事務局のスミヨシさんでしたっけか、に問い合わせしてくださっている、それの返事待ちをしている状態であるというのもあると思うんですね。その返事が戻ってきたら、状況が今よりももうちょっと確定的なことがわかってくるはずだというのもあると思うんですね。それまではここで待っていてもいいんじゃないだろうかとわたしは思っていますけれどもね。でもまあもちろん、そのスミヨシさんからの返事にしてもいつ来るのかはわからないと言えばわからないんですけれどもね。いつ来るかという以前に、来る、という確証だってないわけですよね。——この霧は、これだけがことさらに特別な現象というわけじゃないですよね、というのも、こういうふうな、予想がつかない、コントロールができない、そしてその予想のつかなさコントロールのできなさによってわたしたちに及んでくる影響が甚大であるような事柄、というのはほかにもまだまだいろいろある、いまやわたしたちはそうした事柄にすっかり包囲されていると言っていい状況にいるわけですよね。そしてこの先そういう事柄はより一層増えていくともされているわけです。存在感を今以上にましていくだろうということになっているわけです。であれば、そうしたものをわたしたちが、わたしたちの想定、たとえばスケジュールですけれども、がその通りに運ぶのを妨げる厄介な代物として捉える、というのとはなにか根本的に異なるしかたで捉える、もっとそれそのものとして捉えるといいますか、そういうことを単に理論のレベルにおいてというのではなくてもっとごく感覚的に、ごく自然にできるようになるための、ある種のレッスンをわたしたちは、差し当たって今、この霧を通して積む。スミヨシさんからの返事待ちの時間をそんなふうに過ごすというのもなかなかに有意義な、カンファレンスそのものと同程度、なんであればそれ以上に有意義な、過ごし方かもしれないとわたしは思っていますけれども。

キミドリさん

えっと、ではこれは念の為の確認なんですけれども、タクシーは手配についてはこれ以上はもういいということでいいですよね、（しばし様子を窺《うかが》ってから）はい。ということは、わたしからもうみなさんに対しては何か特にできることというのはないとわたしは思うんですね、それに関しても、どうでしょうか、そういう認識でだいじょうぶでしょうかね、（しばし様子を窺ってから）はい。まあ、でもうちのホテルの中は、Wi-Fi環境も結構優秀だという評判いただいているみたいですし、なのでお仕事されるにしてもネットフリックスご覧になるにしても、サクサクと快適に過ごしていただけるんじゃないかと思いますね、尤も、みなさんくらいになるとそれぞれ個人でモバイルルーターなんかは常にお持ちなのかもしれないですけどもね、はい。あとは、まあ、これはすでにご存じかとは思いますけれども、十九階に大浴場がありますので、これは一応は、地下何百メートルかまで掘ってそこからいっしょうけんめい汲み上げている、温泉ですので。ただ、ひとつ今日は残念なのは、大浴場からの眺望というのも自慢のひとつなんですけれども、それが今日に限っては真っ白で何も見えないというのは、みなさんちょっとバッドラックですけれども、でもまあ、きわめて抽象的とも言えるこの真っ白さをね、窓越しに眺めながらの入浴というのもそれはそれで特別な趣きだとは言えるかもしれないですね。お風呂だけでなくて、サウナも併設されております。うちのサウナは水風呂の温度を基本十度以下という、結構低めに設定していますから、それもサウナ好きの方からは好評いただいている点ですね、サウナとの温度差の効果で毛細血管まで血流が促進、自律神経もてきめんに整うんじゃないでしょうか、サウナご利用の場合は特別料金がプラスされますけれども、極上の癒やしがもたらされはすると思いますので。あ、あと大浴場の一つ下の階の十八階にはトレーニングジムもね、各種最新のトレーニングマシンを揃えて、ありますので、みなさんくらいになると筋トレ、エクササイズなんかをかかさず日課にされているという方も多いと思いますので、こちらもご利用には料金がプラスされますけれども、よかったらジムで汗をかいてそれから温泉、サウナ、それからビール、なんていうのは最高なんじゃないでしょうかね。

モリシタさん

（外の様子を見ている）すっかり何も見えない。ここが何階なのかが、いよいよ完全にわからなくなってしまってますね。まさにさっきのホテルの方、名札にはキミドリさん、って書いてあったのが見えましたけど、キミドリさんがいみじくもおっしゃったように、白くて深い霧という抽象性の圧倒的に高い情景としてしか、外の状況はわたしたちにとっては見えてこない。それは、良しにつけ悪しきにつけ、という感じですよね。この、あまりも多くのことが不確か、でも幻想的で美しい情景。これによって、はからずもより一層のエクスクルーシヴ感が今ここにもたらされているんじゃないかなという気がしないですか？　つまり、外の状況とこの中とが隔てられているような感覚がよりはっきりと生じてないですか？　そしてその隔てられているというのは、ふたつのあいだに距離がよりつくられている感じというよりかは、そのふたつは存在している次元からして全然異なるというような感じのような気がするんですよね、別の言い方をすると、外の状況なんていうのものは実際問題わたしたちにとっては存在していないというか。

フナボリさん

去年の大阪のカンファレンスに参加された方の中には記憶に残っている方もいると思いますけど、あのときのホテルはエレベーターで地上階からフロントのあるあれは何階でしたっけね、三十何階だったんじゃないかという記憶がありますけれどもとにかく高層階まで上がって、エレベーターを降りてからフロントのあるところに行くまでの、二、三十メートルだったですかね、割と長い距離ありましたよね、あの途中に、現代美術のインスタレーションの作品がゲートみたいに通路の両脇を覆うみたいにして置いてありましたよね、作家の名前はわたしはその筋には明るくなくて知らなかったんですけど、そしてそのとき聞いたのに今もおぼえてないんですけど、でも人に聞くところではその筋では名の知られたアーティストだということでしたけど、あれも抽象的な、わたしの個人的な印象で言えば分子模型とかＤＮＡ模型のような、浮遊感というか無重力感というか、を感じさせる形をしたモジュールが無数に組み合わされているというようなね、作品の大きさも大きかったですし、高さもそのフロアのかなり高い天井のいっぱいまであるような、その大きさにも圧倒されるような作品でしたけど、あのアート作品もあそこに置かれていたことによって確かに一種のエクスクルーシヴ感を創出していましたよね。それでいうとこの霧も言ってみればアート作品というか、なんならあの大阪のあれ以上の、究極の抽象アートというふうに見えてこないこともないですよね。

ササヅカさん

今エクスクルーシヴ感ということをモリシタさんとフナボリさんのお二人がおっしゃったとき、たぶんそこには、ここにいさえすれば安心安全だという前提があって、そのうえでおっしゃってたんじゃないかと思ったんですけど、でも、そういう暢気《のんき》な前提は、それでほんとにだいじょうぶなんですかね？　ほんとにその前提がそうなのかはわからないんじゃないですかね？　もしその、安心安全なような気がしている、というのがもしあるとして、そういう気がしてることの根拠はじゃあいったいなんなのかといったらたぶんそれは、エクスクルーシヴ感の存在っていうことだと思うんですよね、でも、エクスクルーシヴ感って言わずもがなのことですけれどもあくまでも、感、でしかないですのでね、エクスクルーシヴ感があるのでここは安心安全、ということには別にならなくないですかね。エクスクルーシヴ感とかそういうのよりもわたしが今いちばん感じてるのはむしろもっと単純な話、こうやって見えてないあいだにも外の事態がどんどんもっとどうにかなってしまうんじゃないかというのがここからだとわからないということに対しての、不安がいちばんですけどね。そういうのは、みなさんにはないんですかね？

イワモトさん

あるかないかで言えばありますよそれはもちろんわたしにだって。ただしね、今のこのわたしたちに突き付けられているいちばんのことというのは、この事態に動じてしまうのか、しまわないのかということではないでしょうかね。わたしたちはここまで、主にはカンファレンスを通して、ということになりますけれども、わたしたちの考察をわたしたちなりの仕方でいっしょうけんめい重ねてきた、そのことが実績として確固としてある、そしてその結果としてわたしたちに備わったしかるべき矜恃《きょうじ》というものだってある。それらの真価が問われているんじゃないでしょうかね。自信に裏付けされた楽観論者であるか、それともそうではない悲観論者に成り下がるのか。とにかく下手を打てばこれは、わたしたちがこれまでたいへんな時間と労力をかけてやってきた考察や洞察はいったいなんだったんだということにもなりかねないですからね、まさに正念場ですよね、ある意味では、たいへんおもしろい状態にあるとも言えるんじゃないでしょうかね。

オオジマさん

不安ということで言えばですけど、ササヅカさんがさっきおっしゃった、見えないことが不安だというのは、わたしはしごくもっともな、健全なことをおっしゃってたと思うんですよね――

一方で、わたしの持ってる不安というのは、むしろ、見えないのが不安というのとは言わば、順序が逆なんですよね、つまり、不安のせいで見ないようにしているという――これは、ここだけの話ですけどね、こんなことは、わたしはカンファレンスの公式の席では絶対しない発言ですけれども、わたしは、ここまで自分は人生、率直に言って、総じてかなりうまいことやってきたと思ってるんですよね、でもそれも、遅かれ早かれ終わりを迎えることになるでしょう。わたしたちがカンファレンスなんかを通して日頃から考察し続けている、まさにその対象である、わたしたちのことを取り巻く、わたしたちには手の施しようのない圧倒的な事象というのが、多様に無数にある、そのうちのほんのどれかひとつでも、こちらのほうに向かって、というかこのわたしのほうに向かって直接牙《きば》を剝《む》く、という事態が起きたら、それだけで終わるわけですのでね。そしてそうしたことは遅かれ早かれね、いずれ起こるわけですのでね。それがわたしたちは、よくよくわかっているわけですから。だから、いつそれが来るのかを、ある意味で常に待っている状態ですよね。そして、なにかそれらしきものが来ると、これがそれかもしれない、と身構えるわけですよね

――スミヨシさんからは、連絡がこのまま来ないままなんですかね？　というか、カンファレンスは、今日はもうほんとうにないということなんでしょうかね？　ジンボさんは、今はどこでどうしてるんですかね？

モリシタさん

（スマートフォンの画面を見ていて）スーパーの中に一人の猟師のヒトがどうやらもう、乗り込んでいったみたいですね、今、それを誰かがライブ中継してくれてるのを見てるんですけどね。ライブ中継といってももちろん店の中が映ってるわけではないですけどね、スーパーの建物の外観の、しかも二、三十メートルだか離れたところからの映像ですけど、それでも視聴者が今、わたし含めて二千五百八十一人いますね。ただのありふれたスーパーの建物を外から見ているだけの映像なのに、思わず固唾《かたず》を呑んで見てしまいますよね、この中で今、猟師のヒトが気配を殺して、物音を立てないように細心の注意を払いながら、そしてクマの死角に潜み続けたままで、その居場所のほうへと、射程距離圏内へと、にじり寄っているところなのかなと想像するとね――今スーパーの中にいるクマ。本来だったらこういうクマとヒトとの対峙みたいな場面っていうのは山の中のほうでね、繰り広げられるべきものじゃないですか、クマの勝手知ったるテリトリーのほうでね、それなのに反対にこうやって、わたしたちの側のテリトリー内で対峙させられてしまう憂き目に遭うなんて、かわいそうなクマですよね――ああ、そういうことか。やっと今理解したんですけど、さっきから時々画面のピントが外れるのかなんなのか、映像が霞《かす》んで見えづらくなることがあるなと思ってたんですけど、それはピントの問題だったんじゃなくて、ここにも霧がかかり始めてるんですね。今、自分でも可笑《おか》しくなっちゃったんですけど、このままもし霧が濃くなっていったら映像が見えなくなってっちゃうじゃないかよって、ちょっと残念にというか、不満に思いかけてたところだったんですけど、でもそもそも今だって、猟師とクマの緊迫の攻防そのものを見ているわけじゃないんだから、画面に霧がかかったからといってそれによって何が見えるのが邪魔されるというわけでも、まあよく考えてみれば、別にないんですよね——画面は、すっかり真っ白になっちゃいました。

［モリシタさん、真っ白い画面のスマートフォンをローテーブルの上に置く。］

フナボリさん

わたしが普段から、すごく基本的なことのはずなのにずっとわからないままでここまできてしまっているなあ、と思っていることというのが、実はあるんですよね。それもさっきのオオジマさんと一緒ですね、カンファレンスの場ではわたしはそんなことは絶対に言わない、というような類いのことですね。というのは、そんなこと言おうものならあのカンファレンスの場で、集中砲火を浴びかねないですからね、もしかしたら、みなさんからもね。というわけで、ずっと言わないできていたんですけれども。言わないままでそれについて思い続けてきていたんですけれどもね——そうなんですよね、わたしがわからないのは、わたしたちはカンファレンスなんかの場ではね、さまざまな局面において状況は悪化の一途を辿っている、未曾有の危機に陥っているというわけで、そのさまざまな事例的な事象をめぐって先進的議論を重ねてきているわけなんですよね、でもそのことと、実際にこのわたしとこの世界とが触れあっている部分というのはね、ほとんどの場合わたしにとってとても心地いいんですよね、という否定できない事実とのあいだに、わたしからすると、あまりにも乖離《かいり》があるんですよね、そして自分の中でその乖離に辻褄《つじつま》をね、どうしてもうまくつけられるような気がしないんですよね、というふうにずっと思ってるんですよね。このことに関してシンプルに考えようとすると、辻褄をつけるなんてことはあきらめてしまって、ふたつのあいだには連関なんかまったく存在しない、独立したそれぞれ別の世界なんだということにする、そういうふうに考えてしまうのがいちばんしっくりくるんですけれどもね、でも、そんなことは口が裂けても言えないわけじゃないですか、わたしたちのこの世界のことを問題にしているのでなかったらカンファレンスの存在意義なんか無にも等しくなってしまうわけで、そしたら現実問題カンファレンスのための予算だって現在のようには取れなくなってしまうでしょうからね、そしたら一大事ですからね。（モリシタさんのスマートフォンの画面越しから遠い銃声が聞こえてくる）仕留めるのに随分《ずいぶん》時間がかかりましたね。

［銃口から硝煙の上がっている猟銃を持ったクマさんが舞台上——ただし、ホテルのロビーのセット

の外側——に登場。」

クマさん
あなたらは、それはどこにいるということなわけか？

イワモトさん
それってこっちまで来ようとしていてそれで訊いてるんでしょうかね？

モリシタさん
これは地上からたいへんに離れたところの高層階、二十何階の、ホテルのロビーですね。エレベーターに乗らなければ来られないですね。それにエレベーターは宿泊客だけが持ってるカードキーがないと乗られないですね。

ササヅカさん
いや地上階からここまでのエレベーターはカードキー要らないですよね。

モリシタさん

確かに。だからそれって来ようと思ったらここまで来れてしまうということか。

フナボリさん

でもそもそもホテルのロビーというのは誰でも入ってくることのできるパブリック、とまではいかないにしてもセミパブリックな空間ですからね。それをこういうホテルは高層階にしつらえることでそこに心理的な、それはまさにさきほどササヅカさんがおっしゃったように、エクスクルーシヴ、感、でしかないですけれども、を、付与しているわけですよね。ただしそうした心理的な策略が通用しない相手というのももちろんいるわけで、その場合エクスクルーシヴ感にはなんの意味もなくなるということですよね。

オオジマさん

でもそれに関してわたしが今、ひとつ可能性を信じてそこに賭けたいと思ってるのが、地上階のエレベーターの乗り場でレモングラスの、香りの演出が施されているということなので、だとしたら、レモングラスは虫除《むしよ》け効果もあるじゃないですか、つまり虫の嫌いな匂いだということなので、だとしたら、他の生き物だってそれが苦手な可能性は低くないと考えるのは、それなりに理にかなった考え方だと思うんですけど、そこに関してはクマはどっちなんでしょうかね？
（スマートフォンで検索しようとする）

［クマさん、猟銃を空に向けて撃つ。その銃声は、モリシタさんのスマートフォンから聞こえる。］

クマさん
その思考回路がね、逆なんだよね。そっちの側こそが、その、中心にある小さいマルの中から外へは、領域侵犯してこないように。でも、あなたらはそういうのは嬉しいんじゃないの？　エクスクルーシヴ感がそこに漂ってるのが、お気に入りなんだから――あの、地上階とそことのあいだのエレベーターが、二台あるじゃないですか、でもそれが、どういうわけでなのか不明なんですけど、二台ともなんですけどね、故障したみたいなんですよね。それで修理の業者呼ぼうにもご存じのようにこの霧と、今の道路状況の混乱で呼ぶに呼べずという状況なんですよね。うん、どうしましょうか？

（「ドーナ（ッ）ツ」了）

Whale in the room

部屋の中の鯨

六人が鯨の中？　で過ごしている。

そのうちの一人が「お話」を始める。

［以下、お話をする者とそれを聞いている者とのあいだで成立するパフォーマンスが、一種の劇中劇として上演される。］

一頭の鯨が、その何十年かにおよぶ一生を、いよいよ終えんとしていた。

大海原を悠然とわたり、水面と海底とをしきりにそして優雅に行き来し、水平方向にも垂直方向にも旺盛に移動を続ける生活を送ってきた。

よく食べよく排泄した。満ち足りた、精力的な人生だった。

地球環境保全に大いに貢献した人生でもあった。

鉄分や窒素を豊富に含む彼女だか彼だかの糞は、海中の植物性プランクトンたちの成長に一役買った。

増殖した植物性プランクトンたちによって大量の酸素が生成された。

鯨は自らの水平のそして垂直の移動によって、海を攪拌《かくはん》し、栄養素をくまなく行き渡らせたのだった。

その盛んな一生が、間も無く幕を閉じようとしている。

その大きな個体の活力ある動きが、その身体の中を流れる脈動が、徐々に静かになっていき、やがて、止んだ。

命の潰えた一頭の鯨。ゆっくりと海底へ沈んでいく。

そこにはもはや、目的はない。

食べる必要もないし、体内に酸素を溜め込む必要もない。

悠々と、堂々と、海の底深くに到達する。

死んだ鯨は、巨大な炭素の塊としての自らを、大気で満ちる海抜ゼロメートルよりも上の地上圏内から遠く水面下に、数百年間隔て置き、地上の二酸化炭素濃度上昇を身を以て制する。

鯨は、死してなおエコロジカル。


拍手。そのあと全員で、以下のようなおしゃべり。

［せりふは自由に配分してください。］

鯨の死体が海岸に打ち上げられている光景は映像としてよく目にするけれどもあれは地球の二酸化炭素濃度上昇抑制にとってどれだけ大きな損失かということなんだな。海の底で大人しく隔絶されていたはずの炭素の塊が地表に剝き出しになってしまってるっていう機会損失にプラスしてそれを解体してガソリンかけて燃やすしかないっていうのは。

今してくれた話からは、原子力発電に使われた核燃料棒が、放射能がじゅうぶん弱くなるまでの十万年間、ものすごく地下深くまで掘って作られたフィンランドの施設の中で貯蔵されている・眠っている、そのイメージと共鳴するものが感じられた。

われわれは個体ひとつひとつの大きさは鯨に比べるべくもないけれどもいかんせん個体数が多い。年間に死ぬ人間の身体の炭素の量の総計は年間に死ぬ鯨のそれよりずっと多いんじゃないか。鯨は数が相当減ってるわけだし。人間も鯨に倣《なら》って死んだら海に沈んで炭素で構成された自らの身体を大気から隔絶することに努めたほうがいいんじゃないか。

少なくとも火葬なんてもってのほかだな。牛のゲップなんかよりよっぽど悪影響大きいんじゃないか。ただちに禁止すべきだ。

殺人犯が証拠隠滅のために死体を海底に沈めるのは地球規模で見ると善《よ》い行ないということになるのか。

（人間的観点から見たときともっと大局的に見たときとで）価値評価がひっくり返るということは大いにあり得て９１１の直後にはクジラのストレスホルモン値が下がったことが確認されてたりとかね、航行する船舶の数が減ったのがおそらくは理由じゃないかとされてるらしいけど。

鯨ってそこまで炭素の量が問題になるくらいの大きさなの？

大きいじゃないかこれだってじゅうぶんに。

沈黙。

昔に描かれた鯨の絵とか見てると、昔の鯨ってのは今のよりずっと大きかったんだ、鯨の大きさは昔から現代になるにつれてだんだん小型化してきてるんだ、そういうことがわかる。

その小型化ってのは人間のイメージというか妄想の中の鯨の大きさが小型化してきてるということで実際の鯨の大きさが当時と比べて現在小さくなってるって言ってたわけじゃないと今のは理解していいんだろうか。

そこはでもあえて区別しないでいるほうがおもしろいんじゃないか。

昔は人々がイメージの中で抱いてる鯨の大きさというのが実際の鯨の大きさよりたぶんずっと

大きくて、そのイメージ・妄想の中では鯨はバケモノだったと思うんだけどその頃は。それが今の鯨はもはやバケモノじゃない、単に超大型哺乳類だというにすぎないところまで矮小化《わいしょうか》してる。

でも現在のわれわれにしたって鯨はとにかくデカいというのしか実のところわかってない。そのとにかくデカいというのが要するにどのくらいのデカさなのか。

人智を超えたバケモノというのではなくなったかわりに鯨は今はマスコットキャラクターを務めてると言えるんじゃないか、動物愛護・環境保護のマスコットキャラクター。

死んでる鯨の海岸に打ち上げられてる画像なり映像なりは誰だって見たことがあるだろうからそれでだいたいの大きさってのはこのくらいってのはなんとなくわかってるんじゃないかなその写真に人が写ってたら比較でわかるわけで。

写真見るだけでそれが実際にもし今自分の目の前にあったらこのくらいの大きさなのかというのをイメージするのは簡単そうで実は案外難しいことじゃないかという気がする。

ひとくちに鯨と言っても大きなのもいればそこまでじゃないのも種類ごとに大きさはそれぞれだしね。

モビー・ディックってなに鯨だったのかな？

マッコウクジラ。小説は、タイトルは『モビー・ディック、あるいは白鯨』ね。

実は読んだことないんだよな。

わたしは読んだことある気はするけど、なに鯨だったのかは憶えてなかったけど、言われてみればマッコウクジラだったかもという気もする。

持ってきてここで読んだらよかったなせっかくだから読書会やったり。

この中の大きさってのはこれつくった人の中には実際の鯨の大きさに科学的にそれなりに準拠してる大きさなのかそれともその鯨に対する昔のバケモノ的なイメージ・先入見が込みの世界観

に基づいた大きさなのかの、どっちなのかというのは、決まったどっちかというのは、ちゃんとあってつくってるんだろうか。

それはわれわれには判断がつけられることじゃないし、それにどっちでも同じことじゃないか。

わたしもどっちでもいいと思うというか鯨の中にいるというの自体がそもそも非科学的なんだから。

非科学的というとちょっとネガティブなニュアンスあるからもっとポジティブでスケールの大きさ感じさせる別の言い回し、神話的とか聖書的とかのほうがいいかもしれないと思った。

確かに鯨の全身を実際に見たことはないけど、ペニスだったら展示されてたのを昔博物館で見たことがあって、こんなデカかったけど、もしこんなのが自分に付いてたら、それが射精なんかした日には分泌する快感物質のオーバードーズで爆発するような感覚の中で死んじゃうんじゃないかとか想像したのをおぼえてるけど、そんな大きさのペニスが付いてる全身というのはこのくらいの大きさはあるだろうなっていう類推の仕方での鯨の大きさのイメージっていうのは自分なりに、それが正しいか間違ってるかはともかく、ある。

確かに、哺乳類の全身の大きさとペニスの大きさの比率はこのくらいだろうなっていうだいたいのイメージをわれわれはなんとなく持ってる気がする、でもそのイメージが単に人間のそれの比率を基準にしているだけのものなのかどうか。一口に哺乳類と言ってもいろんな哺乳類ごとに比率は違うんじゃないか。それともだいたいいっしょなのか。

ざっくり言って同じと言っていいんじゃないだろうか、例えば頭よりペニスの方が大きい哺乳類ってのはきっといないだろう。わかんないけどいるかもしれないけど。いたらどうしよう。

中にいるのと外から見るのとだと同じ大きさのものでも受ける大きさの印象は全然違うってこと経験したことたぶんみんなもあるんじゃないかと思うけど、この鯨も外観がどのくらいの大きさなのかはだからこうして中にいるわたしたちにはむしろわかりづらい。

でもこれは相当大きい鯨だと思うんだよね。

それもこれもすべてここにWi-Fiがないせいだ。

沈黙。

二人めの「お話」が始まる。

鯨はかつては凶暴さの象徴だったかもしれないけれども今の時代鯨が象徴してるのはむしろ知性のほうだ。

別の人が「お話」に割り込んで、

でも昔のモビー・ディックにしても人間たちの捕まえようとしてくる捕鯨船の魂胆の裏かいてくるようなことしたりとかいう意味では賢い感じに描写されてもいるよね、ザブーンって海の中潜ったかと思ったら浮かび上がってくる場所が次にこのへんに出てきそうだなってところよりも全然離れててそんなに遠くに行かれたら手も足も出ないけど人間たちの視界の中には入ってるから地団駄踏まずにはいられないっていうあたりにわざと浮き上がってきたりとか反対にザブーンって潜ったあと船の真下でザバーって浮かび上がって船突き上げてひっくり返そうとしたり。

その描写はでもどちらかといったら鯨の凶暴さの強調、鯨は狡猾だ・そのいわば〈悪〉に属する性質というかを際立たせたいがための描写というか。でも現在の鯨というのはまるで歌ってるみたいな声を発してものすごく離れた他の鯨とのコミュニケーションをとり情報の交換を行なってるらしいということがすでに判明している実に知性的な存在と見なされている。〈善〉に属する存在。なんなら人間よりもよっぽど知性的でよっぽど〈善〉じゃないかとさえ……

つまり知性的イコール〈善〉ってこと?

うん、まあそういう前提で今は話してる。でもわれわれ人間は一般的にはそういうふうに考えようとしてると思う、というかそういうふうに考えたがってると思う。

さて。むかしむかしあるところに勇猛果敢な六人組がいた。

彼らはあることに対して断じてそれは許せんという思いを同じくする者たちだった。そのあることというのは、捕鯨。

鯨が高度な知性の持ち主であることは今や科学的に証明されているというのに、捕鯨を続ける者たちは旧時代の価値観をアップデートする必要性も感じずそれをずるずる引きずったまま残忍な所業を一向にやめようとしない。

これは文化の継承である・伝統であるというお決まりの言い分で正当化する。

そんなのただ開き直っているだけじゃないか。

デリカシーの欠如にも程がある。

とてもじゃないが看過できない。

というわけで勇猛果敢な六人組は耐水性に優れたヴィデオカメラとともに二艘のゴムボートに分乗し大洋へと繰り出す。

彼らの目的はふたつ。ひとつは捕鯨行為の妨害、そしてもうひとつはその自分たちの懸命な妨害活動を映像に収め全世界に向け発信する（そしてグローバル世論を味方につける）。

双眼鏡で海を見渡すと、海の上の空中低いところに海鳥の群れが滞留しているのが見つかる。

海鳥の群れはオキアミの群れの存在を示唆する。

その小さな甲殻類がいるところには、やはりそれらが好物である鯨たちがやってくる可能性が高い。

つまりはそこには捕鯨船がやってくる可能性も高い。

ほら、やって来たぞ案の定。

どこの国の捕鯨船だろうか、とにかくその捕鯨船めがけて「STOP WHALING」と書かれた横断幕を掲げた一艘のゴムボートが突き進む。その勇姿を追うもう一艘のゴムボートには我を忘れてファインダーを覗きこむヴィデオカメラマンが乗っている。

捕鯨船は二艘のゴムボートの抵抗活動に気付いていないかのように振る舞い続けているが、この映像が全世界に晒《さら》されたら非難の集中砲火を浴びるのは避けられないのだ。それをわかっているのか。知らない振りをしているのか。

捕鯨船は鯨を追いかける。

かなり大きな鯨だ。

彼らも捕鯨船を追いかける。

鯨と捕鯨船の攻防により激しく波打つ海面。

そこにゴムボートで浮かんでいるなんて危険だが、これこそ絵になる。

被写体のゴムボートとヴィデオカメラの乗ってるゴムボートのどちらもが揺れているからとんでもなくダイナミックな映像だ。

見ろ。捕鯨船の先端に砲手が捕鯨砲を構えて立っている。立ち姿勢を安定させるために肩幅に開いた両脚。数十メートル先の標的を狙う集中力でみなぎる上体。

バンッ。

当たったか。いや外れた。賢い鯨はすべてお見通しで、砲声がした途端に身を翻したのだ。そして鯨は遠くに逃げていく。

と思いきやそうではなかった。反対にこちらに向かってきた。

逆上したのかもしれない。もっともな話だ。

巨大な怒った鯨、この世にこれ以上手に負えないものがあるだろうか、それがぐんぐん近づいてくる。波の揺れが大きくなり、これ以上になったらゴムボートは本気でひっくり返りそうだ。

怒るのはもっともだけど怒る対象は頼むから捕鯨船だけにしてくれ。

われわれに怒りの矛先を向けるのは筋違いだよ。

きみ賢いんだったらその違いくらいわかるよね。

鯨が潜り、姿が見えなくなった。

その間この沖の一帯にひとときの静けさが漂ったが、それは不穏極まりない静けさだった。

その不穏であるという予感は案の定的中した。鯨は彼らのゴムボートのすぐ手前で浮かび上がってきた。

無論のことゴムボートはなすすべなくひっくり返る。

彼らは海へと放り出された。

その海に激しく揺さぶられながらまもなく意識を失っていった。

目をさましたとき、六人ははじめ自分たちがいるこの場所がどこなのかわからなかった。死後の世界への待合室だろうか。

しかしまもなく察しがついた。ここは鯨の中だ。

鯨が自分たちを飲み込んでくれた。おかげで一命を取り留めた。

そしてこれはこの鯨の一命を取り留めることにもなる。

捕鯨船の連中は彼らが鯨に飲み込まれたのを目にしているだろう。

鯨に対してはどんなに残忍であろうと、その中に人間が飲み込まれている鯨に対しては捕鯨砲を撃ち込むことなどできないはずだ。

いわば人間の盾というやつだ。

鯨を守るためのこれ以上の策はない。

こうしてわれわれは鯨の中での生活を始めた。

以上、まあこれは一種の、われわれがなぜここにいるかということについて神話というか物語を、でっち上げたというか。


拍手。

全員で、以下のようなおしゃべり。

捕鯨船から誰かが拡声器か何かで呼びかけたら聞こえるんだろうか。「おい聞こえるか？　なんとかして出てこられないのか、口から出てくるなり肛門から出てくるなりなんかしら方法はあるだろう？」。

なんかしらといってもここから外界へとつながる出口は現実的にいってそのふたつしかない。まさか腹を裂いて出て行くわけにもいかないわけだしグリーンピースという立場上。

内側から帝王切開ってことか。帝王切開とは言わないか、出産じゃないんだから。

これってどっちが口でどっちが肛門なんだろうか？

沈黙。

今のストーリーだけど、鯨に飲み込まれたときにカメラマンがヴィデオカメラわたしの大事な愛機だからってことで抱えたままで飲み込まれたってことにしておくとその先の展開で六人がやがて鯨の中から情報発信するユーチューバーになっていくとかっていう展開も可能になるよね。

「ここ鯨の中はですね、もう半端なく臭いです。これはまあ消化器系の内部特有の匂いなんでしょうねなんと形容したらよいのかわからないんですが、それと魚臭いのとの最悪のコンビネーションという感じです。まあわれわれはもう随分長いこといるんでさすがに慣れちゃいましたけどね」みたいな。

何系ユーチューバーだろう。元グリーンピースっていう設定からだと普通に考えたら地球環境保護系インフルエンサーだろうか。

動物レスキュー系ユーチューバーっていうユーチューバーのジャンルがあるよね。捨てられたペットとか虐待されてる動物とかをかわいそうにって言って助けるっていうわりと人気のジャンルなんだけど、でもその中にはやらせも多くてわざと虐待させてそれを助け出してみせるみたいなそれ自体がひどい虐待じゃないかよみたいな。

動物レスキュー系ユーチューバーっていうのもグリーンピースからのきわめて自然なキャリア変遷だよね。

でもここはいかんせんWi-Fiないからユーチューブの発信はできないけどね。受信もできないけどもちろん。

それに仮にWi-Fiのモバイルルーター持ってたとしてもそれを使うことの是非は議論のあるところだろうな。体内でWi-Fiのモバイルルーター稼働しているいる状態っていうのは鯨の健康にははたしてどうだろうか。なんか悪影響がありそうな気がする。

考慮すべきは健康というのだけじゃない。ウェルビーイングという観点からも考慮しないと。だってわれわれだって自分の身体の中からWi-Fiが出てたらいい気持ちはしないよね。パスワードなしだったら最悪だよ人間たちにいつでもどこでもつきまとわれる。逃げても追ってくる。

悪夢だよね。そんな自分がされて厭《いや》なことは鯨にだってするべきじゃない。

Wi-Fiがないってのはすごくいいことだと思うわれわれにとっても。だって実はそのおかげだよねこうやっておしゃべりを楽しめてるのは。すごくいいよ人間らしくて。もしWi-Fiがあったら絶対こんなふうにはできてないはずだよね。

今はエベレスト山頂だって5Gエリア内だからな。

捕鯨船がこの鯨にまだつきまとってるとしたらその捕鯨船が使ってるWi-Fiここで拾えたりしないだろうか。

さっきから思ってたんだけどさっきの話の続きの展開として、捕鯨船がまだつきまとってるというのじゃない、この外に捕鯨船はもういない、この鯨をもう見失ってしまっているというバージョンも面白いんじゃないかと思う。

え、でもそれだと次にまた事情知らない別の捕鯨船に出くわしたとき遠慮無く狙われちゃうってことにならないか？

いやむしろその正反対のことが起こる可能性があるんじゃないか。鯨の中に人間が飲み込まれたようだっていうニュースが世界中にシェアされる。しかし、はたして人間を飲み込んだ鯨はどの鯨か？　個体が特定できない。そうなるとどうなるかといえば地球上のすべての鯨に手を出せなくなる。そうしたらグリーンピースの悲願が達成される。

そしたらわれわれヒーローってことだ。

でもそうなるといつまで経ってもここから外に出られないってことにならないか。

そしたらわれわれ悲劇のヒーローってことだ。

外に出たことが対外的にばれなければよくて秘密裡に外に出ればいい、口からであれ肛門からであれ。

脱出したあとはどうやって身を隠し続けるんだろう。

まあそれは（ヒーローなんだし）組織が手厚く世話してくれるかな。

シャワーは浴びたいな。特に肛門から出た場合。

匿《かくま》ってもらってるあいだただ匿われてるだけなのもつまんないからユーチューバーやろうかな、暇つぶしも兼ねて。グリーンピース本部内の特設スタジオに鯨の内部を模したセットをつくってもらってわれわれはそこで鯨の中にずっといますという振りをし続ける。

それやるのはいいけどいつまで続けるんだろう？

グリーンピースって本部に撮影スタジオ持ってるのかな？

知らないよそんなことわれわれはグリーンピースじゃないんだから。

「鯨のためにグリーンピースがあるんじゃない、グリーンピースのために鯨がいるのである」みたいな。

沈黙。

三人めの「お話」が始まる。

波の静かな海上を陽光を浴びてきらきらと輝きながら優雅に航行する一艘の白い船体は、六人の富裕層が乗り込んでいる豪奢《ごうしゃ》なクルーザーだった。

それはつまりここが豪華クルーザーの中っていうことかな？

そうじゃない。

六人の富裕層はデッキに出て、高級ブランドのティアドロップ・サングラス越しに水平線を眺め、いかにも健康的にほどよく日焼けした肌に潮風を受けながら、キヌアを頬張るようにキャビアを頬張ってはグラスの中で美しく弾けるシャンペンでそれを胃の中へ次々と流し込んでいた。

六人の富裕層のうち、ひとりは電気自動車のバッテリーに用いられるレアメタル鉱山の所有者であり経営者だ。そのビジネスから莫大な利益を得ているがそれはもちろん従業員たちに低賃金で苛酷な労働をさせるという、児童労働も含めた〈経営努力〉の賜物だった。

彼（もしくは彼女）の所有する鉱山のある国ではレアメタル資源をめぐる内戦が続いていた。その政府軍側と反政府組織側の双方に武器を売りつけて儲けている武器商人もいた。武器商人とレアメタル鉱山所有者兼経営者のふたりは長年の知己だった。こうしてときどき友情をあたためあうのだった。

別のひとりは、ソーラーパネルの製造で財を成した成功者だった。製造過程で出る有毒廃棄物を川に垂れ流していたのがバレて近隣住民から訴訟を起こされるというピンチもあったがうまいことそれを乗り切った。

そのピンチを乗り切った立役者である弁護士もこのクルーザーに乗っていた。環境汚染・自然破壊関係の訴訟を受けた企業を守ることにかけては右に出るもののいない凄腕だった。原告団の人間関係を調べあげてそこに少しでも諍《いさか》いの種を見つけるとそこを突いて仲間割れさせ団結力を失わせるという手法に長《た》けていた。弁護報酬はべらぼうだったが金に糸目をつけないそして背に腹は代えられないクライアントからの依頼はひっきりなしにやってきたので濡れ手で粟《あわ》だった。

別のひとりは、洋上風力発電の開発権を落札した発電業界大手の重役だった。政府高官に多額の賄賂を贈ったことは言うまでもない。その事実はある厄介きわまりないジャーナリストに嗅ぎつけられていたが、ある夜そのジャーナリストは、帰宅の際に自宅マンションの階段から転落して謎の死を遂げた。その謎の死をお膳立てした〈エージェント〉も、六人の一人だった。酒を飲まないので代わりにライムを添えたサンペレグリノを啜《すす》っていた。

さてこの悪い六人の富裕層たちがクルーザーのデッキで美食とおしゃべりに興じていると、急に空がかき曇ってきた。天気予報では終日晴天が続くと言っていたはずだが。

雨がぽつぽつ降ってきた。六人は屋根の中に入った。すると降りはにわかに強くなった。

空でストロボが焚《た》かれた。そのすぐあとに雷鳴が続いた。

雨だけでなく風まで強くなってきた。それにともない波も高くなる。

これは嵐だ。急いで陸まで戻らなければ。けれどもまだまだ先だ。空はすっかり暗くなった。

「不安になるな。大丈夫だ」と誰かが叫ぶ。

いくら豪華なクルーザーと言っても荒れ狂う海の中では頼りなく揺れるよりほかない。クルーザーもゴムボートも大差ない。

実はこのとき六人は各自、皆口にこそ出さなかったが心の中で似たような思いを心の中によぎらせていた。

それは、この嵐を起こした原因は……

神の怒り！

いや、それだと現代にはさすがにちょっとマッチしないので、この嵐を起こした原因は……

庶民のやっかみ！

そう。六人は実は各自内心でそう考えていたのだった。

でももちろんそんな考えはまともに取り合うまでもない馬鹿げたものだ。そんな因果関係あるわけがない。

しかしそうは言っても、なんとなくそんなふうに思わずにいられないというのも事実なのだった。

もしもそうだとしたらどうだろう？　自分が自らをこのクルーザーから海へと投げ出せば、この嵐は収まるのかもしれない。

いやいや、どうしてわたしが海に飛び込まなければいけないんだ。だってわたしだけじゃなくてほかの五人だって同罪じゃないか。

六人が六人、そんなふうに考えていた。そのあいだにも波はますます高くなっていった。この波に弄《もてあそ》ばれて船がひっくり返るのは時間の問題だった。六人は誰一人として自ら海へと身を投げなかった。六人はまとめて同時に海へと放り投げられ、その中へと飲み込まれていった。

目をさましたとき、六人ははじめ自分たちがいるこの場所がどこなのかわからなかった。死後の世界への待合室だろうか。

しかしまもなく察しがついた。ここは鯨の中だ。

鯨が自分たちを飲み込んでくれた。おかげで一命を取り留めた。

クルーザーは大破して大海原のどこかに深く沈んでいってしまっただろう。

それにここにはシャンペンもキャビアもない。

ちょっと待って、どうやってそれが鯨の中だってわかったんだ？

え、それは、どうしてかな、こんなに中が大きいのは鯨をおいてほかにないからということじゃだめだろうか。

まあいいいんじゃない。

ここにはシャンペンもキャビアもない。

けれどもまあよいとしよう。命あっての物種《ものだね》じゃないか。

やっぱりわれわれには悪運がある！

六人は笑い、祝福しあう。

さて。そうなると次の問題は、この鯨の中からどうやって出るか。

この鯨の中から出る唯一の方法は、おそらく、悔い改めることだ。

悔い改めれば鯨はわれわれを乾いた陸地へと吐き出してくれるのだ。

これまでの貪欲さを反省し、貯め込んだ資産を慈善団体にでも寄付すればいいのだろうか？

どのくらい寄付すればいいんだろうか？　まさか全部なんて言わないよな。

だいたいどのくらい寄付すれば悔い改めたことになるのかの目安の額みたいのが知りたいものだ。

でもこんなふうに考えていること自体じゅうぶんに悔い改めてないということになるんだろうか。

それではいつまで経ってもここから外に出られない。

でもまあ、考えてみればそれも悪くないかもしれない。そのあいだにも利息はつくし、投資目的で購入した不動産の価格だって着実にあがっていることだろうから。

とまあそんなこんなで六人が六人そんなふうに考えていた六人の富裕層はいつまでもぐずぐずと鯨の中で過ごしたのだった。

拍手。
全員で、以下のようなおしゃべり。

鯨に飲み込まれる／その中に閉じ込められる、というイメージは〈罪と罰〉的なモチーフと結びついてるんじゃないか。悪いことというか道徳的にやましいことした人がその罰として鯨に飲み込まれてその中に閉じ込められて、でもそこで悔い改めるとそれによって外に出してもらえる。善人として生まれ変わる。

だとするとわれわれはどんな罪を犯したというのか。

原罪じゃないかなそれはやっぱり。

いやでもそれだとじゃあなんでわれわれが？　という疑問の答えにはならないよね、誰だって犯してるんだからさ原罪は。それだと人間は全員鯨の中に入らなきゃいけなくなる。

それは現実的に無理だよ鯨の数は減少しちゃってるんだから。

あ、それじゃないかな罪はまさに鯨の数減少させたこと、というか鯨に限らない生物多様性に尋常でない度合いの負の影響を及ぼした罪。

でもそれだって人間全体の罪であってわれわれだけが犯したわけじゃないけどね。

ていうか自分たちの罪って話からいきなり原罪が持ち出されるってのはあまりにも極端すぎるのではないかというか、あとそれ以上にそれはちょっとずるいんじゃないかというか。ずるいってのはつまり原罪とかそんな大袈裟なこと言い出さなくてもやましいことなんて、あるでしょ誰だってなんかしらいろいろと。それをまるでそんなものはありませんみたいな感じになってるよなと思って、そこをスキップして話がすーっと原罪に行っちゃうと。

まあ、そりゃあるけどね。じゃあこうすればいいってことなのだろうかたとえば今から一人ずつ全員自分が今までしたことのあるやましいことを順番に言っていくっていうふうに。

そんなことしなくていいんじゃないだろうか裁くのはわれわれじゃないんだから。鯨が判断するわけだから悔い改めたかどうか。鯨がこいつは悔い改めたなと認めてくれればその人は吐き出してもらえる。

吐き出してもらえるということは口から？　肛門からだったら排泄されるという言い方になるよね。

どっちでもよくないか、口からだろうが肛門からだろうが、出してもらえるなら。

沈黙。

四人めの「お話」が始まる。

シロナガスクジラは、インフラサウンドで鳴く。

インフラサウンドって何？

当然その質問が出てくるだろうと思って、あえてわからないだろう単語を今使ってみたんだけれども、話の冒頭の摑《つか》みとしていいだろうと思って。

そんなのもちろんわかったうえでこっちだって訊いてるんだけど。

ありがとう。

インフラサウンドってのは人間の可聴域よりも低い周波数の音。

シロナガスクジラは、われわれに聞き取ることのできない音で鳴く。

ということは、今も鳴いているところなのかもしれない。

われわれにそれが聞こえていないだけで。

われわれに聞こえてない声が、今ここにも存在しているかもしれない。

このシロナガスクジラは、この広い広い海のどこかにいるはずの他のシロナガスクジラと声を交わし合っているところかもしれない。

たとえそうだとしてもそれがわれわれにはわからない。

いくら耳を澄ませてみたところで聞こえない周波数が聞こえてくるようになるわけではない。

しかしたとえそうだとしてもわれわれには、聞こえない音で鳴くシロナガスクジラの声を聞こうとして耳を澄ませようとしたくなることがあるだろう。

われわれにとっては静かな海の中が、シロナガスクジラたちの奏でるインフラサウンドで実に賑《にぎ》やかに充《み》たされている様子に、耳を澄ませようとしたくなることがあるだろう。

シロナガスクジラが鳴いている声がわれわれに聞こえないとき、それはわれわれにとってそのシロナガスクジラは鳴いていないということではない。

聞こえない声。仮に聞こえたとしても理解できない言葉。

二重の意味でわれわれのためのものではないもの、われわれに向けられているのではないものに、われわれは関心を寄せることができる。

拍手。

全員で、以下のようなおしゃべり。

その声がたとえ周波数的に人間に聞こえないとしても機械でその声の音の波形を調べることはできるはずでその波形を見てこれは鯨がこういうこと言ってるんだなというのだってわかるようになるはずで、そうやってもし鯨と話ができるようになったらもちろん話してみたいよね。

でも鯨からしてみたときに、人間が話してきたとして、言ってることの意味がたとえわかったとして、果たして人間と話すのはおもしろいんだろうか？　人間の話すことは鯨にとっておもしろいんだろうか？　鯨におもしろいと思ってもらえるようなことを自分がなにか話せるという自信がない。

オキアミの群れがどこそこにいるぞとか、そういう有益な話をすれば聞いてもらえるんじゃないか。オキアミの真似をしてみせるとか。

でもそんなことしたら食べられちゃうよ。

「海洋事故のニュースです。鯨とのコミュニケーションを研究していた研究者グループ六人が研究の一環として鯨の目の前でオキアミの真似をしていたところ鯨に飲み込まれました」

そんな情報はでも鯨はわれわれに教えてもらわなくたって自分たちで手に入れられるよ。われわれだけが鯨とコミュニケーションしたいと一方的に思ってるだけじゃだめで鯨にもその気があるかを気にかけないと。

捕鯨船がこのあたりにはいるから危険だぞ、このあたりにはいないから安全だぞっていう情報だったらどうだろう。それも鯨はあるいは自力でわかるのかもしれないけど、でも、もしそういうことをこちら側から彼らに伝えられたらそれは一種の罪滅ぼしにもなる。

今の聞いててちょっと疑問に思ったんだけどわれわれってまだグリーンピースなのか？

グリーンピースかどうかとかそういうことより今のは鯨とコミュニケーションとりたい、それも互酬的なコミュニケーションを、という気持ちがなによりあるところから出てきた言葉だけどね。

そんなコミュニケーションができるようになったら、真っ先にそれを駆使するようになるのは捕鯨船じゃないだろうか。どこが危険でどこが安全かのニセのメッセージを送って鯨を騙《だま》す。

そしたら鯨にメディアリテラシーを教育する。

この鯨がシロナガスクジラだったら、体の一部はここ（劇場）の壁を突き破っちゃってることになるな。全長三十メートルとかあるから。

［これ以降俳優は鯨の中という設定の舞台美術から外に出てもよい。］

口も肛門もここよりはるか向こうにあるのか。

そうするとペニスの大きさもさっきやったのよりも大きいほうに上方修正しないといけないかな。

いやあれはじゅうぶん大きかったから修正なしで全然いけると思う。

今鯨の外から中を見ていて思うんだけど、鯨にしてみたらわれわれみたいのが身体の中にいたら、その異物感たるや結構なものなんじゃないかな。胆石だってこんな小さくたって身体の中にあったら痛くてたまんないんだから。

だったら吐き出してくれればいいんだ。そしたらこうやって外に出れるのに。

われわれどのくらい外に出てないんだろうか。

時間が誰もわかんないなんてな、誰か一人くらいウォータープルーフの腕時計持ってたっていいのに。

昔は持ってたけどね、スマホになる前の時代だけど。

そしてスマホは死亡したという。

そう水没した。

Wi-Fiがないのがいいというのと同じで時計がないのもいいよねって考えることは不可能じゃないはずだよね、まさにタイムレスってことになるけど。時計ってものが現われたばかりの頃の人々は時間に縛られることに対してそこから解放されたいっていう、今で言ったらデジタルデトックス的なものを求める感覚ってきっと強く持ってたんじゃないかと思う。

沈黙。

五人めの「お話」が始まる。

「モビー・ディック」の時代は、鯨は、エネルギー資源だった。当時人間は石油やシェールガスやウランの核分裂をエネルギーとして用いる術は、まだ持っていなかった。

夜に街灯を光らせていたのは、鯨からとれる油だった。

エネルギー危機に対応するためには捕鯨という選択肢もあるということか。

鯨は養殖できるんだろうか。できるんだとしたら、どこかのフィヨルド一帯を使っての、鯨の養殖産業。産業区分としては漁業じゃなくて、エネルギー産業のカテゴリーになるものとしての。

そして「モビー・ディック」って小説がどういう小説かと訊かれたらたいていの人は、読んだことない人も含めてね、きっとこんなふうに答えるんじゃないかなと思うのが……

さっきも言ったけど『モビー・ディック、あるいは白鯨』ね小説の正式タイトル。

『モビー・ディック、あるいは白鯨』がどういう小説かと訊かれたらたいていの人は、読んだことない人も含めてね、きっとこんなふうに答えるんじゃないかなと思うのが、『モビー・ディック、あるいは白鯨』ってのはあれなんでしょ、巨大な鯨のモビー・ディックに襲われて片脚なくしちゃった捕鯨船の船長がそのモビー・ディックに復讐しようとするっていう話なんでしょ、という。

もちろんそれは小説の主要な部分のひとつではあるんだけれども、でも『モビー・ディック、あるいは白鯨』というのはそれだけの小説じゃ全然なくて、その筋とは関係ない鯨にまつわる雑学みたいなこととかもいろいろ書かれてる。

たとえば、『モビー・ディック、あるいは白鯨』の時代の捕鯨船に乗り込む人々の中には、当時の社会においてのいわばはみ出し者というか、社会不適合者というか、そういうタイプの人々が少なからずいた。気性の荒いやつも多かったけれども、人生で自分が何をすればいいのかというのをまだ見つけられずにいる若者が捕鯨船に乗り込むようなケースもあった。

そういうことが小説の中に書いてあるんだ？

書いてあった。確か。

そういう若者が、非番のとき、夜の海を行く船のデッキに出て、マストにのぼっていく。完全な暗闇。いくら目を凝らしても何も見えない中、風に吹かれている。波に揺られている。なにかほんのちょっとしたはずみで死のほうへとあっけなく自分が吸い込まれていくという場所に立つという、ある種の希死念慮にも近いのかもしれないスリルを求めるという、経済的モティヴェーションというよりも魂と関わるモティヴェーションで捕鯨船に乗り込むナイーヴな若者たちのことについて書かれた一節があった。確か。

『モビー・ディック、あるいは白鯨』の時代は、鯨は、エネルギー資源であるだけでなく人々の文化を支える資源でもあった。

鯨油《げいゆ》から人々の身体を清潔に保つ石鹸《せっけん》が作られ、人々の肌を乾燥から守る化粧品が作られ、鯨の髭《ひげ》からヴァイオリンの弓が作られ、昔の貴婦人のスカートって張り出したりしてるけどあの張り出したカーヴをつくるためのクリノリンも鯨の髭から作られた。

社会のはみ出し者たちが街の灯りを、お肌の潤いを、妙なる調べをもたらしていたのだった。

拍手。
全員で、以下のようなおしゃべり。

常識的に考えて頭おかしいよね「モビー・ディック」の船長は。彼は偏執狂でしょう。

船長の名前はエイハブね。そして小説のタイトルは『モビー・ディック、あるいは白鯨』ね。

わかってるけど間怠《まだる》っこしいから略して「モビー・ディック」でいいでしょ。

じゃあ別のこと言うとさっき「『モビー・ディック』の船長」っていう言い方があったのがちょっと気になったんだけど、ピークォッド号ね捕鯨船の名前は。『モビー・ディック、あるいは白鯨』の舞台となる捕鯨船の名前は。

問題なのはそういう偏執狂的な人間が一組織というか一集団のトップだっていうことだよね。捕鯨船という営利集団の本来のビジネスのパーパスからはずれた船長のパラノイアに基づく自分勝手な執着にどうしてみんなが付き合わされなきゃいけないのか、という議論が乗員たちの中から起こったっていいはずだ。船員たちによるストライキが起こるなり、叛乱を起こして船長を失脚させるなり。

殺してしまうなり。

株主総会でステークホルダーたちによって解任させられるなり。

「モビー・ディック」の船長ってそういうことさせないようなアンタッチャブルなというか濃いオーラまとってる感のあるキャラだなあっていうイメージがある。肩書き的に船長でその組織の中でいちばん偉いポジションだからというだけでなくて、パーソナリティとしても異様というか。

それって要するに威圧的だってことだよね。非常に問題ありだよなリーダーの資質として。

まあでもこの小説の話は昔の話だからね。

そうなんだけど、奇妙なのは、そういうリーダーは現代的じゃないよねという話がこうしてできるという一方で、今だってそういうリーダーっているし、なんならたくさんいるし、なんなら支持を得ているっていう、そういう現実もある。

人格的に問題ありそうな人物がリーダーになるっていう図式はどうしてこんなにもあるあるなんだろうか。

権力欲・虚栄心みたいのがあることがリーダーになろうと目指すことの一番強いモティヴェーションになるというそもそもの根本的な構造上の問題があるよね、これってどうしようもない気がする。

（虚栄心で人様に迷惑かけないようにするための）虚栄心マネージメントみたいな講習があってそれを何十時間か受けることをリーダーになる人には義務化する仕組みとかがあったらいいんだろうか。

誰もエイハブには進言しなかったんだろうか。モビー・ディックはデカすぎて強すぎて手に負えないですから復讐は諦めませんか、その情熱をうまいこと別の方向に転換させられないですか、っていうふうに。

言ったとしても他人の言うことにそういうタイプの人間は耳を貸さないよ自分のパラノイアで頭の中いっぱいなんだから。

"Ahab needs some rehab."（と駄洒落を思い付いてから、エイミー・ワインハウス「Rehab」の一節を歌う）
"They tried to make me go to rehab. But I said no no no."

相当深いトラウマをモビー・ディックに植え付けられたんだろうな。

ここまでは劇中劇構造の中で上演されるが、これ以降は俳優はほんとうの観客に向かって話す。

もしこれがモビー・ディックだとしたら？
復讐されようとしている対象、彼にトラウマを与えた張本人、だとしたら？
その中にいるわれわれもまた、その一部でもあるとしたら？
そして憎しみを向けられているとしたら？

六人めの「お話」。これもほんとうの観客に向かって話される。

いつか、われわれにもついにこの鯨から出るときがやって来るだろう。鯨から出るとそこは、部屋の中だった。それはこの鯨がちょうどすっぽりと入るくらいの大きさをした部屋だった。

その部屋の中にはたくさんの人がいた。その人々は、わたしたちが鯨から出てきたところを興味深そうに、あるいは怪訝《けげん》そうに、見ていた。

多くの人が鼻をつまんでいた。どうやらわれわれはとても臭いみたいだった。

われわれと、部屋の中にいる人々とは、ともに、その部屋に横たわっている鯨を眺めた。

この鯨はこれからどうなっていくのか、誰にもわからなかった。

この鯨をこれからどうすればいいのか、なにかできることがあるとすればそれは何か、それも誰にもわからなかった。

わかるのは、この鯨は呼吸しているということだけだった。その山のような身体の表面がゆっくりと、ほんの少しだけ、しかし確かに張り詰めては、それがまた弛緩して収まっていく。その動きが繰り返されているから、これはこの鯨が呼吸をしているのに違いなかった。呼吸音も聞こえるような気がした。でもそれはそういう気がするだけかもしれなかった。

陸に上がってしまっているのだから鯨は苦しいのではないか。じきに死んでしまうのではないか。われわれを含めてその部屋の中にいる人々の大半はそのように考えていたはずだった。けれどもその鯨の、静かな浜辺に打ち寄せるさざ波のように緩慢な呼吸は、どうしたわけかずっと続いた。われわれはしばらくその呼吸する鯨の様子を見ていた。聴いていた。そのうち、鯨が死んでしまうのではないかという心配は、自然消滅していった。その鯨はどう見てもただ眠っているようだったからだ。

［ほんとうの観客からの拍手が来るのを期待しましょう。］

（「部屋の中の鯨」了）

あとがき

この本を手に取ってくださった方へ。どうもありがとうございます。

本書に収められた四篇の戯曲は、そのうち三つはドイツ語への、残る一つはノルウェー語への翻訳によって（ついでに言えば、わたし自身の演出によって）初演されたものです。ドイツ語翻訳を手掛けてくださったアンドレアス・レーゲルスベルガーさん、ノルウェー語に翻訳してくださったアンネ・ランデ・ペータスさんに、心からの感謝を。くわえて、ドイツで作品づくりをするときはいつもリハーサルの場での通訳のみならずドラマトゥルクとしても参加してくれる大いに頼もしい山口真樹子さんと、わたしのはじめてのノルウェーでの仕事となったオスロでの「部屋の中の鯨」のクリエーションを支えてくださった嶋野冷子さんにも、この場を借りて感謝を申し上げます。そして、四つのプロダクションすべてで音楽を担当してくれた内橋和久さんにも、いつもありがとうございます！

どの作品もその初演以降、それと別のプロダクションが製作されたわけではありませんでした。「掃除機」「ノー・セックス」「ドーナ(ッ)ツ」はドイツ語で上演されたことがあるだけ、「部屋の中の鯨」はノルウェー語で上演されたことがあるだけ。わたし自身、日本語で書いたこれら戯曲のせりふが日本語で発されるのは聞いたことがないのです。

わたしはドイツ語もノルウェー語もわかりませんから、稽古のときはそれらの言葉に翻訳されたテキストと日本語のそれとを見開きで対照できる仕様になっている台本を準備してもらって、役者の演技を見ながらときどき日本語テキストに目を落とす、という具合にリハーサルをやっています。だからその意味では日本語のテキストも一応クリエーションの現場の構成要素のひとつではあるのですが、そしてそれがそのプロダクションのそもそもの発端であることも事実なのですが、しかしその中心に位置しているわけではありません。わたしにしても、リハーサルが進んでいくにつれて徐々に、日本語のテキストに目を落とさなくなっていきます。そして上演が初日を迎える頃には、わたしにしてからが、日本語のテキストそのものがどうだったかを気にしなくなってしまっているのです。なにせ、それよりもそこでドイツ語なりノルウェー語のせりふを発しながら演技する役者たちや、彼らの演技によって上演空間にたちあがるフィクションのありようや出来映えと向き合うことのほうが、大事で主要なことですから。

だから、本書を出版してもらうにあたり収録作を読み直したときは、なんとも奇妙な感じでした。自分が書いた元々の日本語のテキストに向き合う経験は、何と言いますか、自分がとても親しくさせてもらってる人を最初に紹介してくれた人がいる、その人とはそこまで親しいというわけではない、そんな人と久しぶりに会って、あ、どうも、と言うような感じと言いますか。

二〇二三年三月、「掃除機」が本谷有希子さんの演出により上演されることになりました。このあとがきを書いているのは二月ですので、その本谷版「掃除機」はリハーサルの真っ最中です。わたしは稽古場に顔を出してもいないので、わたしが日本語で書いた、しかし翻訳された別の言語でしか上演されたことのない戯曲が日本語で舞台の上から役者さんによって発されるのを聞くという初めての経験をわたしは現時点ではまだできていませんが、もうすぐ味わえるその機会を、今は心待ちにしているところです。その経験が、わたしが「掃除機」の日本語テキストに対しても今以上に親しさを感じられるようになるための、大きなきっかけになってくれるかもしれないということも期待しながら。このKAAT神奈川芸術劇場での「掃除機」の日本語初演の機会にかこつけて、この戯曲集は出版してもらいました。白水社、及び編集を手掛けてくださった同社の和久田賴男さん、ほんとうにありがとうございました。

「掃除機」は、ひきこもりの息子を持つ女性の新聞の相談欄への投稿にインスパイアされて書きました。「ノー・セックス」は、日本では二〇一五年以来お年寄り用おむつの売り上げが赤ちゃん用おむつの売り上げを上回っているという事実をニュースで読み知ったことが創作のきっかけになっています。「ドーナ（ッ）ツ」は、人里まで降りて来た熊がスーパーマーケットの中にまで入ったという、日本で起こった出来事のニュースを目にしたときに受けたインパクトから生まれた作品です。「部屋の中の鯨」は、ノルウェーと日本の共通点は捕鯨文化がまだ生き存えていることとロシアが隣国であることだねという雑談を、ドラマトゥルクのヘーゲ・ランディ・トエッレセンさんとしたことから生まれています。「部屋の中の鯨」のみならずどの作品もドラマトゥルクとのおしゃべり、ディスカッションで構想が芽吹き、膨らんでいったものです。ヘーゲさん、「掃除機」と「ノー・セックス」のドラマトゥルクをしてくれたタルン・カーデさん、「ドーナ（ッ）ツ」を共につくってくれたユリア・ロホテさんに、感謝いたします。

二〇二三年二月

岡田利規

日本語タイトル / 英語タイトル
（上演記録）

ノー・セックス / NO SEX
（2018 年、ミュンヘン カンマーシュピーレ / ドイツ・ミュンヘン）

掃除機 / THE VACUUM CLEANER
（2019 年、ミュンヘン カンマーシュピーレ / ドイツ・ミュンヘン）

ドーナ（ッ）ツ / Doughnuts
（2022 年、タリア劇場 / ドイツ・ハンブルク）

部屋の中の鯨 / Whale in the room（原題：HVALEN I ROMMET）
（2022 年、ナショナルシアター / ノルウェー・オスロ）

装丁　緒方修一

注意事項

戯曲を上演・発表するさいには必ず、（稽古や勉強会はのぞき）著作者・権利管理者に上演許可を申請してください。

次頁の「上演許可申請書」を切りとって記入したうえで、以下の住所へ郵送してください。

申請書を受理しましたら、折り返し、上演の可否と戯曲使用料をご連絡させていただきます。

戯曲使用料の計算根拠としますので団体名、会場名、入場料の有無、入場者数の見込み等を明記してください。

特記事項がある場合は、備考欄に記してください。

株式会社 precog
〒 152-0022 東京都目黒区柿の木坂 1-24-15
Tel：+81(0)3-6825-1223　Fax：+81(0)3-6421-2744　Mail：info@precog-jp.net
https://precog-jp.net

上演許可申請書

年　月　日

申請者

印

作品名	□ 掃除機　□ ノー・セックス　□ ドーナ（ッ）ツ　□ 部屋の中の鯨
団体名	
主催者名	
演出家	
上演期間	年　月　日（　）〜　年　月　日（　）
会場	
料金	前売　円　当日　円 ／ 無料
ステージ数	ステージ
1ステージあたりの座席数（キャパシティ）	人
使用範囲	□ 一部 ／ □ 全部
カット・脚色の有無	
担当者（連絡先）	氏名： 住所： 電話： Mail：
備考	

第1刷

著者略歴

岡田利規（おかだとしき）
1973年神奈川県横浜市生まれ
慶應義塾大学商学部卒業
チェルフィッチュ主宰・演劇作家・小説家
主要作品：「マリファナの害について」「三月の５日間」「クーラー」「労苦の終わり」「目的地」「エンジョイ」「フリータイム」「ホットペッパー、クーラー、そしてお別れの挨拶」「わたしたちは無傷な別人である」「ゾウガメのソニックライフ」「家電のように解り合えない」「現在地」「女優の魂」「地面と床」「スーパープレミアムソフトWバニラリッチ」「あなたが彼女にしてあげられることは何もない」「God Bless Baseball」「部屋に流れる時間の旅」「三月の５日間」リクリエーション「NO THEATER」「NO SEX」「THE VACUUM CLEANER」「渚・瞼・カーテン　チェルフィッチュの〈映像演劇〉」「プラータナー：憑依のポートレート」「消しゴム山」「消しゴム森」「未練の幽霊と怪物　挫波／敦賀」「Doughnuts」「HVALEN I ROMMET (Whale in the room)」
小説作品：『わたしたちに許された特別な時間の終わり』『ブロッコリー・レボリューション』
演劇論集：『遡行　変形していくための演劇論』
翻訳作品：『池澤夏樹＝個人編集 日本文学全集 10』所収「能・狂言」

チェルフィッチュ

chelfitschとは、selfishが明断に発語されずに幼児語化した、という意味合いを持つ造語。全公演の脚本と演出をしている岡田利規の演劇ユニット名。
上演のお問い合わせは株式会社 precog（03-6825-1223）まで。

掃除機《そうじき》

2023年 2月25日　印刷
2023年 3月25日　発行

著　者© 岡田利規
発行者　岩堀雅己
発行所　株式会社白水社
電話　03-3291-7811（営業部）7821（編集部）
住所　〒101-0052 東京都千代田区神田小川町3-24
www.hakusuisha.co.jp
振替　00190-5-33228
編集　和久田賴男（白水社）
装丁　緒方修一
印刷所　株式会社理想社
製本所　誠製本株式会社
乱丁・落丁本は送料小社負担にてお取り替えいたします。

ISBN978-4-560-09495-2
Printed in Japan